문학과지성 시인선 481

# 가능세계

백은선 시집

그림 백은선

문학과지성사

**문학과지성사에서 펴낸 백은선의 시집**

도움받는 기분(2021)


문학과지성 시인선 481

**가능세계**

초판  1쇄 발행  2016년 3월 14일
초판 13쇄 발행  2024년 3월 27일

지 은 이  백은선
펴 낸 이  이광호
펴 낸 곳  ㈜문학과지성사

등록번호  제1993-000098호
주      소  04034 서울 마포구 잔다리로7길 18(서교동 377-20)
전      화  02)338-7224
팩      스  02)323-4180(편집)   02)338-7221(영업)
전자우편  moonji@moonji.com
홈페이지  www.moonji.com

ⓒ 백은선, 2016. Printed in Seoul, Korea

**ISBN  978-89-320-2853-8 03810**

이 도서의 국립중앙도서관 출판예정도서목록(CIP)은 서지정보유통지원시스템 홈페이지
(http://seoji.nl.go.kr)와 국가자료공동목록시스템(http://www.nl.go.kr/kolisnet)에서
이용하실 수 있습니다. (CIP제어번호: CIP2016006154)

문학과지성 시인선 481

# 가능세계

백은선

시인의 말

단정한 기계들 깊은 밤

투명한 구름 속을 헤맨다면

서서히 지워질 수 있다면

이토록 차가운, 붉은

고깃덩어리들 그러면 나는

불 속에서 너를 지켜볼게

2016년
백은선

# 가능세계

차례

# 4부

1부

# 어려운 일들

나는 모른다네

창밖을
너구리를
개와 고양이의 꼬리 사용법을
장미꽃이 가장 간지러운 순간을
예수의 손바닥에 박힌 못의 크기를
탄성을 자아내는 여러 가지 체위를
당신의 혀에 돋은 새빨간 돌기의 감촉을
여름에 어울리는 머리색을
열매가 부풀어 오르는 아픔을
지금의 바람과 내가 몇 번째 대면하고 있는지를
허기가 나에게 주는 기쁨과 슬픔을

창밖에서
권투 선수는 비명을 지르며 자신의 얼굴을 내려
치네
빗나간 훅

설령, 설령
디근의 마음으로
당신은 나를 함부로 이해하네
나의 긴 갈색머리
웃고 있는 칠월의 책상에 걸터앉아
갈겨쓰네
갈겨쓰고 있네
디근, 디근, 디근이라고

함부르크로
떠나는 배를 향해 손을 흔드는
아이들처럼
찍찍찍
세상이 내 것인 것처럼
갈겨쓰네

사랑을 아십니까

길에서 그런 질문을 받아본 적 없네
다리를 걸어 넘어뜨리고 싶은
나의 다리들
다리들
다리의 다리들

책장 위를 우아하게 걷는
열 개의 다리를 가진
고양이의 자의식으로
이해하려는 시도를 시도하네

비명처럼 길고 긴
기차
검정 거울
나는 모르네
어퍼컷 혹은 라이트 훅
내 몸을 빗나간 뼈들
바닥을 뒹구는 뼈들

*

옆집 오빠는 키가 작지만
여러 가지 표정을 가졌고
나를 볼 때마다 미소를 짓네
캄캄한 주머니 속
그의 그림자
자꾸만 길어지는 그림자
디근의 심정으로
난간에 기대
화단에 핀 장미를 내려다보며
우리는 인사를 나누네

그와의 대면이 몇 번째인지
모르지만
모르핀의 투명함
분침이 툭 하고 내려앉는 순간을 목격하는 것

나는 배고파요

주머니 속의 주머니
주머니 속으로 삼켜지는 주머니
주머니와 주머니들만의 어둠
인사처럼 텅 빈
권투 선수의 꽉 쥔 주먹
부풀어 오르는 손톱자국

나는 가장 단순한 사람의 얼굴로
오빠를 바라보았네
턱을 괸 채 킬킬대는 칠월의 꽃들
너구리가 디근을 물고 골목 끝을 향해
달려가고 있었네

# 명륜동 성당


단추를 쥐고 횡단보도에 서 있다

흔들리는 건반

알고 있어 너는 목소리에 대해 말하려 했지
목소리에 대해 말할 목소리가 없겠지

나는 접속사처럼 지워지는 물

깜박이는 신호등 아래
모자에 가려진 얼굴
구부러진 숲
바람을 밀어붙이는

너는 하품 그 밖에 물결이나 악보에 대해 말하고
싶겠지
　묵상
　레이스와 레이스

14

빳빳한 칼라와 움켜쥔 두 개의 구멍

단순한 형태 단순한 동작으로
모든 것을 이해하겠지

뒤집히는 물
무릎을 맞대고 쉬운 말과 어려운 침묵을
두 눈으로

물고기 떼가 향할 때
손바닥의 말발굽이
차가운 뒷면을 읽어낼 때

너는 끝장내고 싶겠지

단추가 뜯어져 바닥으로 떨어진다
녹색불이 깜박인다

관성이라는 말의 끔찍함에 대해
붉은 것 뾰족한 것
축축하고 차가운 오후
꺼낼 수도 집어넣을 수도 없는
눈빛으로

한 묶음
바닥을 흐르는 목소리

죄는 처음부터 있었지
그걸 취향이라고 했지

# 유리도시

이제 세계를 말해볼까
그르렁대는 고양이의 리듬으로
엉성하게 엮인 직물의 모양으로

입술이 입술에 닿을 것 같다

담장 아래 두 다리가 있다

막 연주를 끝낸 피아니스트의
침묵에 가까운 숨소리

나는 나쁜 기억력을 소망한다

세계는 흐르는 창이다
바깥도 안도 아니다
외국어처럼
호의적인 눈물로 가득 차 있다

구급차의 일인용 침대처럼

빛 속에서
관절이 모두 녹아내리는 기분이다

침묵을 깨며 삐걱이는 철제의자처럼
시작부터 시작만을 반복하는 세계
엎질러진 소독약처럼

사이렌이 울려 퍼지는 거리에 서서

다시 직물의 형태로
다시 뜯긴 귀의 청력으로

나는 나쁜 기억력을 소망한다

건반을 내려치기 직전
잠시 공중에 뜬 두 손

링거액이 천천히 몸속으로 사라진다

# 변성

나는 눈을 치켜뜨고 홍수가 언제 와?

가죽을 두들기는 망치 소리
자꾸 속삭이는 소리를 들어

완성될 것처럼, 그래

여기는 바깥, 선인장이 있다
거울의 온도를 끌고 사라지는 커다란 손이 있다

새파란 입술로 더 많은 간격을 요구할 수 없겠지
날개는 공중에서 부러지나요? 중력의 바깥에서 중력
의 바깥까지 끝인 것처럼 다시 시작되는 색인가요?

내가 본 미래 내가 본 검정 내가 본 세계의 창 고
개 들어 두 눈을 보고 말해 피가 도는 육체의 살갗을
벗겨 다른 채도와 다른 명암
물속에서 벌어지는 열 손가락

색의 규율대로
색의 규율대로
흐릿한 뺨


완성될 것처럼 흔들리는
네가 사라진 창이 가장 투명하게 반짝이는 기이한
장면


선인장이 없다 그을린 손끝들
너는 자궁이 텅 빈 기분에 대해 이야기하곤 했어
빨강이 빨강을 데려가
느닷없이 부고를 전해 듣는 오후


시끄러워 눈을 꼭 감는다
나무는 나무의 각으로 연마한다
부러지기 쉬운 성질을 아낀다

# 범람하는 집

가장 미끄러운 것은 왼쪽 귀
만지면
이상해 이상해져

춥다고 했어. 결정된 부력이라서 그냥 떠올랐어.
멈춰지지 않는. 이것이 당신이 원한 물과 참의 숭고
인가.

나는 자꾸 눈을 생각하고
호르몬처럼

수식 없이 주어를 주고받는
날개들 예감 없이 이뤄지는

염력을 쓸 때 주의할 몇 가지 감정. 당신은 반드시
돌아봐야 하고 돌아본 채 돌아봄의 견고를 견뎌야
하지. 그런 작명으로 사건이 시작된다.

차갑고 긴 것

이봐. 정말 추운 것은 그런 게 아냐. 물의 씨앗들이 핏속을 떠다닐 때. 발아에 복종할 때. 몇 개의 구멍들. 고개를 내밀려 초록이 뒤틀릴 때.

처음이라고 말하는 사람
미끌미끌한 포도 냄새

불 속을 지나가는 새의 무리
물 위를 떠가는 뒤집힌 얼굴

녹슨 쇠사슬을 끌고 멀어지는 시선. 숲에 잠겨. 통제할 수 있는 불의만 남으면 더 간단할 높이에서.

색과 색의 밖에서
발끝을 세우고 듣는다

추락하지. 가속을 이해하는 건 어렵지 않지. 바다
로 걸어 들어가는 앙상한 나무들이라고 해둘까. 쉽
게 말하고 쉽게 잊는 것이 좋겠지. 물론.

외침, 속삭임
이 장면에는 흑백이 필요하다

# 어려운 일들

그리고 너의 죄 그리고 분실된 청록빛 혈액 그리고 눈 감은 비행사

그리고 주의가 산만한 너와 나는 잃어버린 새벽을 찾아 떠나기로 했어 그리고 우리는 육십육번째 계획을 세운다 그리고 곧 계획을 위한 새로운 계획이 필요하다는 걸 깨달을 거야

그리고 그리고 그리고 그리고 그리고…… 끝없이 누군가를 속으로 부르는 이상한 기분이 될 테지, 그리고의 행렬 안에서 자꾸만 실족하는

노란 귤 한 상자를 끌어안고
무겁다

비행사는 제복을 옷걸이에 걸어 책상 위에 올려두었지 나는 힐끔대며 그걸 봤다 책상 위에 다리를 꼬고 걸터앉아 한국말을 적어주었다

귤,이라고

　여러 명의 너 그리고와 그리고처럼 그리고의 알 수
없는 창 알 수 없는 미간 알 수 없는 새벽 알 수 없는
　너는 귤을 좋아하지 그리고

　나도 좋아해
　피를 흘리기로 했어
　비를 보러 가자
　비가 잃어버리는 것들을 지켜보자

　그리고 하고 말하려는 찰나 휙 돌아가는 고개 더
크게 더 많이 그리고 그리고 떠들어댈 거야 그리고
마른 흙덩이

　침대는 하얗고
　침대는 하얗지

그리고
침대는 하얗다

이런 기분을 알아?

길을 되돌리는
길을 되돌리는

너는 가죽 수첩을 꺼내 가위표를 치기 시작하지
불어나는 그리고
녹슨 날개 밑에 쭈그리고 앉은 비행사의 어깨

한 문장만 써줘

허기진 얼굴로 너는
말한다

그리고 그리고 되뇌며 활주로를 산책해볼까

그리고 충직한 가축처럼
그리고 말라가는 열매처럼
그리고 핏기 없는 거울처럼


이 땅 저 땅 전전하며 아침으로부터 출발해 두번
째 세번째 네번째…… 아침을 혀끝으로 맛본다 그
리고 깊어지지 않는 수심을 알지 처음부터 끝까지
처음부터 끝까지 혼란의 고도가 귀를 멍하게 만들
때까지


비 오픈카 라디오 청각 실험 비키니 낙엽 색연필
잇몸 마사지 물고기 손목시계 스테레오 목도리 ××
×××××××× 비와 눈의 생성 뚱뚱한 여자를 업고
가는 마른 남자 낱말 위엔 엑스표 엑스표 그리고 너
는 단지 손목과 검정이 필요해


빳빳하게 다림질된 군청색 제복 어깨에 새겨진 흰

줄 육체가 빠져나간 의복

  그리고 비 그리고 오픈카 그리고 라디오 그리고
청각 그리고 실험 그리고 비키니 그리고 낙엽 그리
고 색연필 그리고 잇몸 그리고 마사지 그리고 물고
기 그리고 손목시계 그리고 스테레오 그리고 목도리
╫╫╫╫╫╫╫╫╫╫╫╫ 그리고 그리고 물질에 매혹된 부피
부피를 잃은 바깥 커다란 공백

  길을 되돌리는

  고무
  새벽의 냄새 새벽의 취미 새벽의 백지

  우리가 떠나지 못하는 건 통증 때문이야 그리고 너
의 자랑스러운 직업 때문 그리고 그리고 지연되기를
즐기는 게으른 초록들 피들 피를 일으켜 세우는 새벽

우리의 우왕좌왕을 다 쓰지 못해서 나는 우리만큼
우왕좌왕한다
흔들린다 위로 앞으로
아래로 뒤로
한 문장만 써줄래? 한 문장만


계획이 다 탄로 난 뒤에는 어떤 채도를 갖게 될까
노랗게 물든 손가락으로 너는 묻는다 입을 우물거
리며


여러 가지 날씨를 안다 알지만 반들반들한 잎사귀
처럼
좋아하는 것
숨을 참으면 보이는 것


그리고 그리고 조금씩 삭제되는 활주로
조금씩 떠오르는 뒤꿈치, 육체를 거머쥔
행렬 그리고

다양한 시도를 통해 익힌 다양한 부위의 다양한
인사
준비운동을 하자 멀고 먼 나라처럼

내가 쓴 걸 읽어줄게 들어봐
그리고 그리고 눈먼 모터에게는 아스피린 이전을
완성하는 초록 돌림병을 생각하는 엘리베이터 그리
고 금속 그리고 우리는 광물의 친구지

흩어지는 비 그리고
끝없이 사라지는
내가 그걸 다 읽었어

길을 되돌리는 차가운 피 그리고 섬

그리고 노란 귤 한 상자를 끌어안고
그리고 무겁다

# 눈보라의 끝


구름의 그림자
연기처럼
서로를 끌어안을 때

당신을 배우려고 먼바다를 건너왔어요
텅 빈 고층 빌딩들이 밤을 견디듯이

층계로 쏟아지는 유리구슬들
얼굴을 참는 얼굴
고백의 시간이 얼마 남지 않았습니다
핏속에서 사라지는
긴 지느러미

그림자가 엉켜 있는 골목
손바닥들
서로의 세포에 대고 속삭인다

손등이 가려워요

파도를 끌어와 무릎을 덮을 때

조용한 사람과 더 조용한 사람이 동시에
입을 떼는 순간

# 밤과 낮이라고 두 번 말하지

이 글은 자신이 삼차대전으로 핵이 터진 후 남겨진 사람들과
공동 셸터에서 지내고 있다고 믿었던 소녀의 기록이다.
그녀는 아홉 살이 되던 해, 반복적인 망상과 발작으로 처음
내원했고 열다섯이 되던 해 병동에서 투신했다.
우리는 그녀의 일기를 발견했고 병증의 이해를 목적으로
훼손되지 않은 부분을 발췌하여 보관한다.

2086년 3월 5일
연구소장


네가 정말 나를 사랑한단 말이야?

작아진 페니스를 쥐고 흔들며

이건 꿈이구나

꿈인 줄 알지만 그래도 묻고 싶다

철창 너머에는 잘린 손과 유리병이 있다

종이 울리고

이렇게 깊은 창 속으로
이렇게 어두운 겹 속으로

빛과 유사한 소리가 흐르고

나는 내 귀를 의심했어

사냥꾼이 잡아온 두 아이를

철창에 가두고

아름다움에 대해 토론할 때

나는 입이 없는 것처럼

엘리베이터가 오 층을 향하고 있었다

떠오르는 느낌도 가끔 들어

얼마나 더 써댈 수 있을까 얼마나 더 써댈 수 있냐
고 스스로 묻는다 스스로 묻고 여기에도 적어놓는다
아이들은 말을 할 수 없었고 우리는 추위를 대비해
열매와 땔감과 마른풀을 모았다 얼마간은 이렇게 생
존할 수 있을 거야 얼마나 더 살 수 있을까

철창은 방 한가운데 놓여 있다

누가 무엇을 하는지 잘 지켜볼 수 있도록 잘 보고
서로가 자리를 비웠을 때에도 누군가 이야기를 전해
줄 수 있도록

너는 밤과 낮이라고 한다

너는 그게 사랑이라고 한다

아니야 사랑은 기다리는 거지

기다릴 것이 없어질 때까지

고층 건물이 세찬 바람에 조금씩 흔들리는 것을
본다고

네 비밀을 내가 다 알면
내 비밀을 네가 다 알면

우리는 어떻게 될까?

그래도 우린 잠든다 그르렁거리는 숨소리를 들으
며 서로의 꿈에서 등을 돌린다 비가 내리기 시작하
고 천막 위로 빗줄기가 쏟아진다 투둑투둑 천장과
바닥이 호응하고 우리는 그 사이에 누워 기다린다

열매가 떨어지기를 땔감이 모자라기를 마른풀이 전
부 젖어버리기를 우리를 관통하는 물방울들

모두 서로 배반할 거라고 맨 뒷장에 씌어져 있었지

우리는 기다린다

우리가 서로를 죽이기 전에
너희가 서로를 죽이기를

떠오를 때는 가라앉는 느낌도 들곤 해

저 산산이 부서지는 아름다운 창들을 보렴

이토록 커다란 텅 빔을

끝이 끝과 연쇄하는 꼴을

다 지워버릴 것을 계속해서 적어 내려가는 저 불쌍한 손들을 이미 씌어진 것들을 다시 반복하는 아무도 붙잡아주지 않는 차가운 마디를 아름다운 것은 참으로 무서운 것이구나 그렇지 않니 네가 나를 죽이는 꿈을 꿨고 그 꿈을 믿어 그래서 더 큰 기다림도 얼마든지 견딜 수 있다

그렇게 사랑해

이것은 언어가 아니고 이것은 빛이 아니고

이것은 거울이 아니고 이것은 칫솔이 아니고

이것은 향기가 아니고 이것은 십자가가 아니고

엎드린 너희가 포개져 있을 때

나는 인생이란 뭘까 생각해

빨간 십자가가 멀리 깜박거리고

아무도 엿듣지 않았지만

계단 위로 계단을 구기며

들통난 거짓을 다시 꾸며 말하려고 해

아무 의미 없이
의미 없는 표정을 지으며

너희가 발악하며 철창을 쥐고 흔들 때까지

사랑한다고 사랑한다고 네 옆에 누워

마지막 말은 뭘까 마지막 말은 뭘까 생각해

철창 안에 철창이 있고
철창 밖에 철창이 있고

이런 것도 있고

갑자기 눈이 먼 늙은 여자도 있지

배운 적 없지만 우리는 보살펴야 하지

철학적이고 무심한 듯

철창에 대해 이야기하고

거울 뒤에 숨어 얼굴을 훔쳐본다

내 눈을 의심했어

왜 나는 이것을 손에서 놓지 못할까

끝을 안다고 적어놓고서

의미 없다고 말해놓고서

끝도 없이

가라앉는 섬들을 옥상에 올라가 지켜봤어

등대가 하나둘 마지막으로 반짝, 잠겨버릴 때

나는 모든 것을 이해할 수 있게 되었어

모든 것을

　미친 듯 비가 내리기 시작한 지 정확히 두 달이 되
었다 노래는 빛을 이길까 네가 물었어 그건 나도 모
르지 그래도 모르는 일을 질문해보는 건 나쁘지 않

을 것 같아 나는 운명을 믿는 사람의 눈을 쳐다볼 수
가 없다는 생각을 했어 가라앉을 때도 떠오르는 느
낌이 들어서, 첫 장을 펼쳐 다시 읽어본다

　너는 내게 진실만을 말했으면 좋겠어
　진실만은 말하지 않았으면 좋겠어


　철장을 가운데 둔 채 벽에 등을 붙이고 마주 앉아
우리는 두 아이에 겹쳐진 서로의 모습을 바라볼 뿐
이다


　우리는 사랑에 관한 비유들로 낱말 놀이를 하기로
했어


　너는 치즈, 소금, 얼음이라고 말했어
　나는 입이 없는 것처럼


　조용히 웃었어

왜 사라진 것들뿐이니

구름, 바람, 비라고 내가 대답했어

그렇다면 도처에 사랑이 있겠네

빈정대며 네가 말했지

나는 끝까지 말하지 않았어
우리라고

　사냥꾼이 두 아이를 철창에서 꺼냈어 이 녀석들은 한입거리도 안 되겠군 더 마르기 전에 끝장을 내는 게 나을 것 같아 그러자 눈먼 여자가 웃었어 차라리 나를 먹지 그래요 아니면 그 눈을 내게 줘요 그 눈을 내게 줘요

그 눈

여자가 점점 크게 눈, 눈, 눈 하고 외쳐댔어

너는 가만히 무릎을 끌어안고 있었지

나는 귀를 틀어막고 옥상으로 갔어

엘리베이터는 오 층에 있다

영원히 머물 것처럼 매 층을 스쳐 지나가고
영원히 올라갈 것처럼

나는 물에 잠긴 어두운 도시를 바라봤어

검은 눈이 내린다

우리는 사랑을 나눈 적이 없어

우리는 비유 단지 비유로만

눈발을 뒤흔드는 비명

내 귀를 의심할 수 없었어 더 이상

의심할 것이 남아 있지 않으면 그때 우린 어떻게
될까

나는 무섭다 나는 나라는 말이 무섭고

네 서툰 다정함이 무섭고

서로를 끌어안고 울던

두 아이가 미친 듯이 서로를 두들겨 패는 모습을

지켜봐야만 한다는 게

그걸 적어놓기 위해 일지를 펼치는 나의 두 손이

## 중력의 대화자들

그곳에 빛이 있다고 믿지 않는다 슬픔에 잠긴 옆
얼굴을 믿지 않는다 노래하는 자의 열린 입술, 잠든
사람의 감긴 두 눈, 기도하는 자의 낮은 숨소리를

이 페이지에서 여자는 죽는다 여자의 죽음은 아무
런 의문과 영향을 남기지 않는다 마지막 순간 그녀
는 두 손을 꼭 쥐고 있었다

절벽은 무너진 다음의 가능태이다
더위에 지친 짐승들처럼

허공을 가위질하며 지나가는 사람을 본다 본다는
말을 믿지 않는다 재빠른 부정의 수법을, 다음이 있
다는 믿음을

어떤 시인은 계단을 쌍둥이들이라고 한 것 같은데
식물도감을 뒤적이는 사람의 손은 새하얄 것 같은데

종이 울리면 얼굴을 씻으러 호숫가에 모였다 한 방향을 향해 엎드려 표정을 감췄다 알 수 없는 갈증에 휩싸여 점점 조용해졌다

그녀는 갑자기 사라진 사람 고개를 들면 다른 시공간 속에 있을 거라고 믿었다 다음 페이지에서 숲이 생겨나고, 마른땅에서 빛이 솟을 거라고

색이 사라진 자리에서 색의 이전이 드러난다
나무둥치를 돌며 자기 꼬리를 잡으려는 짐승처럼

염을 할 때는 모든 구멍을 막아야 했다
유리문 뒤에 서서 침을 삼키며 숫자를 셌다
부릅뜬 눈을, 사후경직 후에도 감길 수 있는 것인지 궁금했다

# 발생연습


새와 발끝 새와 발목 돌아눕는 밤의 얼굴

가수는 노래를 멈춘다
미래에서

이상한 빛이 쏟아진다

동일한 표정을 가진 동일한 잎사귀
제출되지 않은 것
제출될 수 없는 것
비 혹은 습지

아름다운 눈은 감기는 순간 더 큰 빛을 탐한다
연한 살갗 아래 피가 맺힐 때

내리막을 내려다본다
숨이 멎기 직전
눈꺼풀의 미세한 떨림

가장 처음의 음처럼

결과값은 나무를 예비한다

새와 발끝

밑에는 얼굴
질문을 연마하던 나이를 지나
질문을 회피하는 얼굴까지

밤을 온통 뒤덮는
점점 더 이상한 빛

침묵은 다른 곳에 있다

# 병원 손님 의자 테이블

당신은 여기 앉으세요.

생각에는 함정이 필요한 법이라 우린 모두 죄를 가져야 하죠.

안전하고 따듯한 곳에서 다정한 얼굴들이 웃는 동안.

나는 잃어버린 것들을 이야기해야 한다는 생각도 하지 않고.

책 읽지 않고 음악 듣지 않고 오로지 누워서 천장 보고 돌아누워 벽 보고.

손님을 대하는 마음으로 나를 돌봐요.

마지막은 더 커지고.

모든 게 게임 같아요.

당신의 똑똑함을 증오하고.

정황이 필요하지요. 아무런 구체성도 없지요.

병원 손님 의자 테이블 병원 손님 의자 테이블 계
속 생각해요.

바보 같다고 애가 대체 왜 이러냐고 할 텐데.

병원의 기구들은 건강과 무관해 보여요.

나는 물속에 칼을 떨어뜨렸다고 썼지요.

나는 병원 침대에 누웠지요.

한 마리가 토하면 다른 한 마리가 그걸 먹고.

아무것도 아닌 것을 열렬히 생각하다 보면 우주 같아서.

병원 손님 의자 테이블.

당신은 여기 앉아요.

앉아서 차가운 것들을 만져보세요.

종달새는 나무 위에 있겠고 가을에는 복숭아가 사라지겠지요.

어디서 들은 말인지. 드로파 드로파 계속 생각이 나서.

노인들은 아침 일찍 일어나 돌아가며 섹스를 하고.

계속 쓰면 부서질 것들도 부서질 듯 모이고 참 이상하죠?

이상하게도 그런 생각은 하루하루 사는 데 도움이 됩니다.

쌀쌀 쓸쓸 쌀쌀 쓸쓸 바람이 불어요.

릴케도 이런 생각을 했을까 하다가 요즘은 페소아가 인기가 많지 하고.

참 무서울 것도 없어서.

이 모든 건 당신이 선택한 일이야.

병원 손님 의자 테이블 그리고.

물속을 떠다니는 수중식물들.

함정은 움푹할 것 같지만 그렇지도 않아요.

두 시가 네 시가 되는 동안.

가루약처럼 생각이 생각을 뒤덮는 동안.

나는 아주 오래된 돌멩이 같다고.

당신이 앉지도 서지도 못하고 울음을 터뜨리는
동안.

병원 손님 의자 테이블.

# 청혼

빈 창을 흔드는 바람에 대해 나는 말할 수 있다.
말하거나 하지 않음으로. 누구도 창을 지나칠 수 없
다. 벽에는 오려 붙인 외눈. 염소와 염소를 돌보는
손에 대해 말할 수 있다. 뙤약볕 아래 작은 벽을 둘
러싸고 염소들은 긴 띠를 만든다. 이상하다고 말하
는 것은 이상하지. 너는 갈림길에 서서 동전을 던지
고 나는 참여할 수 없는 장면. 태풍을 스친 해안에
서 검은 새 떼가 단번에 날아오를 때. 백억 년 전부
터 예비된 것 같은 풍경이구나. 파랗고 검고 이런 순
간에는 별 수 없이 계절을 이야기해야 할 것만 같다.
달리는 차 안에서 남녀가 서로의 눈을 가리고 웃는
다. 무중력을 아는 것처럼. 뒤집힌 어깨들이 예쁘다.
이것 봐. 나무가 없는 도시로 이사를 가자. 태어날
때 신이 우리에게 무엇을 부여한 것이라고 믿게 되
었다. 가령 네가 바람과 나무를 선택했다면. 이제 그
밖으로는 갈 수 없는 거지. 두 손은 투명으로 가득
차 있다. 주먹을 꼭 움켜쥔 태내의 아이처럼. 바람에
대해 말해진 적이 있거나 바람에 대해 말해진 적이

없는 것. 말해진 만큼이 얼마인지 알 수 없는 것. 빛
나는 것들을 전부 생각할 수는 없지.

2부

# 야맹증


))


빛은 바다 너머에서 술렁이고…… 우리는 쉬운 질문을 어렵게 하기 위해 수영과 기타 연주 촛불 끄기를 연마했다 너도 잘 알고 있는 일들, 해안가 절벽이 토해내는 비릿한 숨 모래먼지가 입속으로 들어왔던 풍경


마지막 날 네가 뒤집어쓰고 있던 낯선 가죽 또는 너와 새엄마 사이에서 넘어지는 의자들, 너는 늘 네 방이 너무 크다고 말하곤 했으니 나는 밤새 노래를 불렀다 밤이 낮을 모르게 될 때까지 뒤척이는 창들이 살갗으로 번질 때까지
  뭐가 부족했을까 밤과 안개는 금세 서로의 사교성을 자랑했지


유리상자 속 달팽이가 말라버렸을 때 전화벨소리를 들었어 벨소리는 건너편 너의 방에서 제일 크게

들린다 그건 네가 가르쳐준 사실 나는 때로 나와 빛
의 유사성에 놀라곤 했지만 당연하다 나는 기억력이
나쁘니까 달팽이가 더듬이를 내밀었을 때 내다 버렸
지 너는

  겨우 그런 걸로 의기양양할 건 없어 검은 파도가
나의 발밑에서 출렁일 때 내가 평생 연습한 순진함
을 무기로 태풍을 불러 세울 때 가까워지며 멀어지
는 파문, 시퍼런 멍 너는 몇 개의 가지를 부러뜨려
안타까움을 표현했다 나의 다리를 타고 가느다란 물
이 흘러내렸다 즐거웠니

☾

  ―찾을 수 있을까
  ―뭘?
  ―원인을, 원인의 원인을

새엄마가 즐겨 입던 어두운 초록 재킷을 훔쳤지
밤바다는 멀리 차오르는 파도, 하얀 기포들이 사선
으로 이지러진다 느낄 수 있을까 초록을 덧씌운 너
의 커다란 방, 모서리마다 쥐덫이 놓여 있던, 가끔
쥐들의 울음이 여기까지 들려온다 철썩이며 귓속을
파고드는

사람의 마음을 가진 사람
빛을 왜곡하는 빛
기억은 끊임없이 기억을 찾아 헤맨다
작은 달팽이가 점점 물을 잃어버렸던 것처럼

―나쁜 피 나쁜 냄새 나쁜 소년소녀 나쁜 마음 전
부 다 갈아버려야 해

☮

벨소리가 나를 그림자 속에 꽂아놓았던 적 있다

뻘쭘하게, 벌 받는 것도 아닌데 벽에 바짝 붙어 서서 호기심은 무섭다 이건 네 방이 알려준 사실 숨죽인 공기들이 폐 속으로 가득 고였다 이건 나의 수치, 뜨거워지는 두 뺨 복도에 갇힌 점액질의 육체

　—가까워지고 있어?
　—여긴 어디지?
　—물속이지
　—깊어지고 있어? 멀어지고 있어?


　누군가 너를 찾아내면 너는 그를 찔러버릴 거라고 말하곤 했다 문이 열리고, 조용히 해 입 다물고 뒤돌아서 뛰어 칼끝이 갈비뼈에 닿았다 바다를 닮은 손톱, 달이 기울 때 부지불식간에 떠오르는 환영들, 움찔거리는 파도의 촉수들

　—하루만 깨끗해지고 싶어라, 달팽이집처럼

차가운 것은 차가운 것으로

있었던 자리로

비밀과 주문에 무력해진 나이

습관에 의지하는 창백한 청력

모래 위에 심장이 터질 것 같다고 쓴 뒤 지워버렸지


유리상자가 깨지고 조각들이 바닥에 흩어졌을 때
나는 나의 표정에만 골몰했다 함몰된 이목구비를 끌
어 올리려 안간힘 썼다 너는 손을 탁탁 털고 새엄마
를 향해…… 쥐덫의 쥐가 꼬리를 포기하고 구멍으
로 돌아가듯, 달려오는 유리들 점점 커진다 나와 우
주 우주와 나 나를 모르는 나의 우주만큼


허기가 들면 파도는 바람을 불러 모은다


보여주려고 텅 빈 내부를

들려주려고 차가운 가면을

사람의 마음을 모르는 사람
같은 것과 그런 것은 다른 것

여기는 계절처럼 먼 곳, 나는 평화와 절망에 대해
생각했다 의기소침한 오후의 테라스처럼 겨우 혼자
가 되었다 사랑에 대해 오랜 구름의 리듬 알고 싶으
나 말하지 않았다 가방 속에 든 것은 톱니 칼, 짝짝
이 슬리퍼, 작은 돌들 처음으로 되돌아가는 악보의
끝자락을 붙든 손가락들

다카포, 다카포, 달처럼 겁이 많아질 때
잿더미 꼬마를 떠올렸다
어디로 갔을까? 하얀 거품들
거리에는 낯선 가죽들……들
멈춰 선 구멍 속

털갈이를 시작한 바람 외국어처럼 지나가는 연인
들 오래전에 태어나 오래전으로 돌아가는
　부화 직전 피막 속 작은 달팽이들

　나는 커다란 벨소리 붙들린 굽은 등
안개 속에 파묻힌 관찰자

　—뭐가 부족했을까?

　놀랄 건 하나도 없다 임계점을 넘어선 빛들이 차
례로 얼굴을 부순다 벗겨낼 수 없는 비린내, 나는 나
쁜 기억에 충실해지기로 마음먹었다 너처럼

## 파충

시작과 끝은 맞물려 있다. 동시에 태어난다. 딱딱한 혀 딱딱한 얼음 딱딱한 세계.

그러면 도래하는 영원.

그러면 증발하는 영원.

나는 지금에 대해 오래 생각하다가, 노트를 펼쳐 단지 지금이라고 적어본다. 지금 옆에 지금, 지금…… 지금이라고. 그러면 눈 내리는 언덕, 지금은 멀고 아득하고 차가운 사람.

눈이 내린다.

눈이 내린다.

눈이.

언덕 위로, 어깨 위로, 차갑고 하얀 눈 위로. 다시.

끝없이 적어 내려갈 때, 그건 그냥 동물 울음소리. 진동하는 공백.

구겨진 종이처럼 하얀 언덕과

피가 고인 목재 마룻바닥, 두개골을 관통해 액자
에 박힌 활. 그러면 나는 남겨진 입속의 말. 문을 두
들기는 다급한 주먹. 그러면 나는 나의 바깥. 느낄
수 없는 온도.

흔들리는 눈동자 속에서 눈발이 휘몰아친다.
치켜뜬 눈의
마지막 장면.
그러면 그건 커다란 뒷모습.

가장 먼저 닿은 부분부터 썩기 시작하는 복숭아
처럼.
그러면 이제 당신은 잊혀야 하는 사람.

사랑을 사랑한 공간의 기억은 단단하다.

너무 미끄러워 만질 수 없다.

기울어지는 짧은 감탄사.
나는 처음과 끝을 잇는 말.
그러면.

가장 멀리서 손, 가장 멀리서 표정, 가장 멀리서 돌아눕는.

마른 피의 어두운 빛. 그러면 순리에 따라 처음으로 돌아가는 작은 손들.

첫 행이 씌어지는 순간 마지막 행도 함께 씌어진다.

눈이 내리기 시작한 언덕 너머로 한 사람이 걸어간다. 그는 파랗게 빛난다. 흐릿한 윤곽, 흐릿한 양팔, 흐릿하게 이어지는 검은 발자국.

지금의 호수, 지금의 나무, 지금의 말할 수 없는
파란 빛.

그러면 사라지는 한 사람.

# 나이트 크루징

우리의 낡은 자물쇠, 회색빛 건물에 들어섰을 때 너무 많은 사람들이 인사를 했고 우리, 관절은 큰 키 때문에 자주 휘어졌지. 식별할 수 없는 줄기들, 불투명한 공기. 그거 알아? 목에 점이 없으면 귀신이래.

활동하기 좋은 청각을 찾아냈어. 놀라지 마. 너도 갖게 될 거야. 관 뚜껑을 망치질하는 소리, 네 몸속에서 물 흐르는 소리, 거울이 간직한 날숨의 흔적. 우리는 봤지. 쇼케이스에 진열된, 가죽을 벗겨낸 소머리들. 동그란 눈, 감기지 않는 빛. 나는 그걸 찍었다.

우리는 서로의 굴뚝, 척추는 점점 더 많은 각도를 분실했어. 기상관측소의 구름과 계기판처럼. 천장에 매달린 유리잔은 왜곡을 즐겼고, 가까워지는 불이 나를 돕는다. 놀러가고 싶은 날씨야. 쌓여 있는 머리통들. 삼켜지는 머리통들. 망각, 망각, 떨어지는 잎처럼 결사적으로. 멀리 있는 것들.

네 팔에는 기다란 지팡이 문신, 발끝에서 끝나는 별. 내가 네게 어떻게 죽고 싶냐고 물었을 때 넌 복상사라고 대답했지. 난 네 팔다리가 내 위로 축 늘어지는 걸 상상했다. 반인반수처럼, 우리는 날뛰며 건물의 모든 창을 들락거렸다. 회색빛을 통해서만 가능해지는 각, 숙련공의 아침과 밤.

상점들의 셔터가 내려간다. 다음 구역은 어디지? 눈으로 볼 수 없을 만큼 작은 것들을 생각해. 수은을 주물러 만든 근육, 페인트가 벗겨진 비스듬한 벽, 온도를 흉내 내는 혈관의 기후. 어떤 것은 위험하지. 나를 관통하는 회색의 놀라운 번식력. 연기처럼. 겁에 질린 얼굴. 점, 점. 물속에는 뒤집힌 도시. 우리, 창백한 목덜미들.

# 가능세계

이게 끝이면 좋겠다 끝장났으면 좋겠다

젖은 솜처럼

해수어와 담수어의 사이만큼

이미 실패했지만 다시 실패하고 싶다

천체의 운행 손을 잡아도 기분이 없는 밤 밤을 떠올리는 빈 나무 의자 의자가 되기 전 나무가 가졌을 그림 바지 자비 자비라는 오타 이야기 할 입과 듣지 않을 귀 남겨진 손 다시 남겨진 천체의 어마어마 그냥 다 끝장났으면 그랬으면

가장 많은 말과 한 번도 하지 못한 말

(0)에 가까워지는 줄무늬 뱀 허물을 벗을수록 비대해지는 이상한 몸

없었어 처음부터 없었어

비늘과 새로 배운 칼 놀이

굴러간다 저기 굴러간다, 무엇이?

가파른 창들이 와장창 단숨에 부서지는 상상을 해 기억은 잘 나지 않고 관람차와 가족과 분홍색 솜사탕이 멀리 있던 것 같고 겁먹은 동물들의 파란 혓바닥 맛있는 것을 먹고 싶다 먹고 또 먹고 다시 먹고 싶다 줄무늬 뱀과 젖은 솜에게 전해줄 큰 가방이 필요해

없어도 없고 싶은 없는 것, 이런 문장은 위험하니 쓰지 말라고 충고해줄 선배 혹은 드럼을 치는 전 애인과 일면식도 없는 사진사 우리는 좁은 방에 무릎을 맞대고 앉아 고도와 조수간만의 차와 형이상학에

대해 밤새 떠들고 떠들다 지쳐
　야 창문 좀 열어봐
　귀찮아 니가 해

　우주는 커다란 소리굽쇠다 이 명제는 백 년 뒤에
증명된다

　창문은 열리지 않고

　숲과 숲을 구성하는 작은 숲들과 작은 숲들을 구
성하는 마음과 마음을 구성하는 뿌리 뿌리라는 물질
과 물질을 구성하는 성분 성분의 원형은 숲

　우리는 모두 열쇠를 갖고 있다
　한 박자와 두 박자 사이 비좁게
　아, 하고 터져 나오는

　실연을 당하고 노스캐롤라이나에서 낚시를 했지

잡으면 놔주려고 했지만 한 마리도 못 잡고 내가 본 모든 물고기가 공장에서 만들어진 수중 로봇들이 아닐까 생각했어

염기성의 그림들

사진사에게
본 적도 없는 빛을 주세요
빛바랜 인화지 위 가장 긴 노출을 담아
끝장이라고 다 끝이라고
불러주세요 나를

그런 방식으로 그림

우리는 사각 대리석 테이블에 앉아 점성과 배우와 작업실을, 소설을 쓰겠다고 선언한 길드 애호가를, 어떤 경향과 어떤 경향을 이야기하려는 경향을, 우유와 치즈 우유와 치즈처럼 조용한 돌들

제목은 뱀의 죽음……죽음의 뱀……뱀과 죽음……
뱀을 죽이는 스무 가지 밤……죽은 뱀……죽도록
뱀……………………………………………………………
………………………………………………………………
……………… 등등

왜지? 왜 잊히지 않는 걸까
이것은 첫 문장
어쩌면 끝 문장
남발을 하지

나는 유리창 위에 앞발이 잘려 주저앉은 기린을
그리려 하였다 주저앉음을 관망하며 주저앉음을 관
통하는 빛을 보고 싶다 혼절과 반복 사이에서 우왕
좌왕하고 싶다

해터러스 곶에는 끝내주는 가슴! 굽은 낚싯대! 흰

머리들! 이런 것을 다 알게 되다니!

······

끝장날 것 같은

모래 알갱이를 내려다본다


숲이 떠오르고 떠오르다 못해 거대하게 융기한다 광경, 광경이라고 단호하고 체계적으로 흰옷과 검은 옷을 번갈아 입는다 실패하고 싶어도 실패할 수 없는 의복 같은 기분 호스텔의 청각 실험이 가능한 공간은 분위기를 엎지른다


가만히 누워 가만히 벤치에 누워 하늘을 보면 하늘은 터무니없이 낮고 상상할 수 없을 만큼 아름다워 날씨는 어이없구나 총력을 다해 할 일 없는 하루 하루, 하루, 하루 지나가는 손목들 붙들고 싶다 터무니없는 것을 시작하고 싶다


부피와 탈부피 사이 홀연히 떠오르는 열쇠 꾸러미

열쇠 꾸러미를 움켜쥔 가느다란 뿌리들 뿌리였던 차
가운 물질

　왜냐고? 끝장나라고
　됐어 다 필요 없어
　말로 할 수 없는 말이
　말뿐인 말로
　앞발이 잘린 채 뒤틀릴 때
　온도와 함께 혓바닥을 잃을 때

　침대로 가득한 방에서 방의 한계를 체감하며 사진
과 정해지지 못한 角 나는 하고 싶어 하다가 죽고 싶
어 그런 것을 무어라 해야 할까

　지팡이와 함께 저녁을 먹는다 저녁은 참치와 딱딱
한 빵 저녁은 로봇과 건전지 저녁은 흘러넘쳐 어려
운 음차와 너무 어려운 음차 위험한 식탁 위험한 전
기 위험한 범람, 속에서 우리는 단단함을 되새긴다

나는 담아내고 싶어 숲의 창백과 바다의 권태 손
목은 병렬 비 내리는 음가 지워질 광경들 광경이라
는 말을 달아주겠다 밀봉해서 꼭 끌어안아 터뜨려버
리고 싶다 뾰족

　왜 잊히지 않는 걸까

　뱀들이 교활을 뽐내는 법
　장님 고양이의 보은
　열쇠를 돌리는 물풍선
　끝장날 걸 알고도 끝장나고 싶어
　등등

　낭만이라고 말해봐라 또 말해봐라 사진사의 프레
임 안으로 파고드는 별들 하나와 하나를 더하고 둘
과 둘을 더해도 변하지 않는 그런 그림

크랭크인 크랭크아웃 완성된 소설을 줄래? 자꾸 고치지 말구 그만 내놔 이 자식아

킥 드럼이 부서질 때까지 달리는 숲

오해받고 싶다 하염없이 넘어지고 싶다

이것은 뒤집힌 나무의 전언

핸들을 쥐고 바다를

그는 파조를 듣는다 파조를 친다 파조를 부른다 그는 소설을 쓰지만 소설을 지운다 지우기 위해 쓰고, 다시 지운다

낚싯대 끝에 매달린
엉덩이
왼쪽 오른쪽 왼쪽 오른쪽

마지막에는 뭐가 남을까
전파를 찾아 다리들이 온다
말하겠지 하고 싶다고 하고 싶다고
결국 하겠지
어떻게든

드럼통 안에는 기름
물에 뜬다 예쁘게
차원은 닫혀 있어서
한 번 두 번
더하기 곱하기

물에 뜬다 못과 망치 못과 망치 목과 만치 그런 그
림으로 그림 사진사를 찍어줘야지 끝없이 잊히는 그
림 있지도 않은 그런 그림

거스르는 것이 회귀인지 도주인지 봄의 식물이 싹

을 내미는 공포인지 하고 싶다 하고 또 하고 하다가
분류하거나 생각할 필요도 없이 구들장인 어깨와 효
과 없는 반복으로 가득 차고 싶다

# 아홉 가지 색과 온도에 대한 마음


초록이었을까. 그건. 눈이 내렸을까. 아니면 손과 손, 지나가는 바람 또 바람. 그런 것들뿐이었을까. 그녀에게. 알 수 없는 이미지에 사로잡혀 새는 지도를 버리고 숲 쪽으로 기울어진다. 빛이 많은 악기를 조심하라고 우리는 서로의 이마에 화(華) 자를 새겨주었다.


오늘 밤 내가 할 이야기는 나도 알지 못한다. 그녀가 그녀의 숨을 벗고 어디로 갈지 몰라 헤맸던 것처럼. 부숴버리고 싶은 가느다란 뼈들. 나는 나의 밖으로 나를 데리고 나갈 거야. 꿈에는 매번 같은 의자에 앉아 같은 사람과 얘기 나눴다. 더 어두워진다면 이해할 수 있을 텐데.


무서운 것은 무서운 것을 무섭다고 하지 못하는 것.


수심은 빛을 갖는다. 새의 날개가 부러진다. 우아한 추락이구나. 붉게. 이번 사냥엔 동원될 것이 많다. 나는 네 옷섶을 풀어 최초의 발톱과 눈먼 사자의 털을 넣어준다. 그리고 상아를 깎아 만든 우윳빛 젓가락 한 벌. 빛을 통해, 빛을 통해 어두워질 것.

여보세요. 거기 누구 없나요. 냄비는 뜨겁고 손과 물 혹은 손에 갇힌 손, 물에 갇힌 물. 그건 균열에 대한 이미지. 눈이 내리기 직전에는 모든 것이 자리를 바꾸지. 알 수 없는 중력, 알 수 없는 목소리. 복도를 가로지르는 칼날.

뒷모습은 증식한다. 하나둘. 그녀의 안개가 힘없이 수면을 드리웠던 것처럼. 꼼짝 말고 여기 있어. 초록일까. 몸을 관통하는 바람에 대한 얘기는 들어본 적 없는데. 무릎을 접고 그녀는 진창으로.

그때부터 이마를 가리기 위해 머리를 길렀다. 작은 나무상자가 불에 덴 잠을 훔쳐갔기 때문에. 그녀가 새를 잡아왔기 때문에. 나는 한 가지 소리만을 움켜쥔다. 거꾸로 처박힌 이미지들. 그것에 관여하는 음은 증발하는 성질. 불의 가장자리와 동일한 손이다.

## 터널, 절대영도

손가락 마디들은 사라진 빛도 가진다
그건 나의 뜻

목마른 푸른 소매들
잠시 잠든 애인의 얼굴을 내려다볼 뿐인데

눈의 끝에는 탄성이 강한 섬유들
외국어처럼

이 광경은 익숙하다
공중을 떠도는 나무들
표정에 대해 말하려다 그만두었지

입술 끝에는 처음이었던 화분
언어의 기분

멀다고 어느 새벽
어깨를 흔들던 우물

지진계의 바늘은 눈금을 벗어난다
물에 잠긴 주름들 가라앉는 탄피들

이 가윗날은 아름다움의 직전에만
호흡이라는 말을 오래 생각한다

## 미장아빔

    그는 두 팔이 잘린 육체여서 긴 코와 짧은 코를 동시에 가진 코끼리와 같다. 귀를 꺼내는 귀에게, 창과 방패를 잊은 땅을 선물하는 무용(無用). 남자는 벗어던진 그림자처럼. 낯선 쾌감처럼. 있지도 않은 눈들을 마구 깜박였다.

    태어난 땅에 대해 이야기하기를 즐기고 나이를 묻는 발목들. 바늘이다. 길게
    풀 위로 눕는다.

    가느다란 빛의 심정이라고 했지. 그런 병적인 색이 수심을 가능하게 한다. 불가능과 가능의 묶음처럼 쉽고 의미 없는…… 마른 어깨가 기어이 몸을 틀어 스스로에게 불을 놓는다. 영원히 길어지는 팔의 형상으로.

    눈 감은 눈.
    코끼리를 반가워하는 한낮.

변신과 유비를 떠받들라.

여름이 간다. 너는 너의 바깥에서 너를 구하는구나. 커다란 비눗방울 속에. 어리석은 새를 운행하는 바람의 습관처럼. 그는 밥을 먹을 때 술을 마실 때 섹스를 할 때 강가를 걸을 때 내가 운전을 할 때. 거봐, 내가 뭘 할 수 있어? 한낮이 가지는 어둠의 비밀을 특별히 가르쳐준다는 듯. 비유를 통해 유려해진다.

섬세함이 빛의 방법이라면 서로 목을 조르지.

새를 보고 새를 알듯.
사람들은 몸을 바꾸기 위해 자리를 비우기도 했다.

가지 없이 잎을 가지는가.
칼처럼. 한정사처럼.

옛날얘기 좀 해봐. 자? 물었다. 빛이 나무를 속이

고 나무 속으로 뒤집힌 몸을 밀어 넣는다면. 닫히지
않는 서랍을 걷어차는 나를 뚫어져라 보는 두 눈 때
문에. 짓지도 않은 죄를 매일 반성하는 것이 어둠의
일이라면. 지어낼 숨도 없이, 두 팔은 공중을 떠돈다.

여름은 희미하게 누적되는 창.
새를 보고 새를 모르듯.
빈 침대 위에 칼이 놓여 있다.

그것이 빛의 일이라면. 두 귀를 틀어막은 나무를
몸 안에 들이는 것이라면. 나는 새로운 것을 찾고 싶
다. 연필 백 자루와 모래주머니들.

두 다리가 깊어지는 일이 빛 속에서 나무가 겪어
야 할 일이라면.

# 음악 이전의 책

왕의 노래는 침묵으로 가능해진다 눈사람, 단단하
고 차가운 것 음악은 시작될 것이다

손끝에는 타다 남은 재

하나씩
음계를 밟고
사라질 것

여왕은 악보를 읽지 못해요 여왕은 점심과 저녁
사이 빈 시간이 너무 길다 기울어지는 그림자의 속
력 두 눈에 가두기엔 너무 작다

이런 방식은 지루하다
이런 것은 뻔하고 저열하지

나는 잔뜩 준비해두었는데 이미 없는 것과 앞으로
없을 것을 전부 가졌는데

거짓이 쉽습니까 언 것이 녹는 것입니까
시작해야 합니까


음은 돌아온다 유리병과 눈밭, 구부러진 고가도로
를 지나
음은 한 번 흩어지고 음은 두 번 부서지고 음은 세
번째에 소거되며 음은


왕이라는 허물, 왕이라는 병
알 수 없다고 말하기 위해
긴 베일과 가죽을 벗긴 꼬리, 닫힌 문을 만들어낸다


아름다운 온도구나
감히 써보겠습니다


눈과 불 눈과 불 눈과

점괘를 손에 든
잿빛 하늘이 낮아진다


진탕의 음색은 구름의 것 새로운 관객을 초대하는
것도 귀 기울이는 초록을 막아내는 것도 전부 구름
의 것


천둥과 번개 두 다리뿐인 벽 뒤의 여왕 유의미한
건축양식입니다


창밖을 보십시오
언젠가……눈이
오는군요


하나씩—음계를 밟고—사라질 것


시끄러워 죽겠어요 시끄러워서 식사를 할 수가 없
습니다 누가 왕을 잡아넣을 수 있습니까≠한 무리

기린≠한 무리 기린≠한 무리 기린
　감히

더 쓸 수 있겠습니까

　　잿더미를 뒤적이는 손들

　눈과
　불

잊히는 음 잊히는 창 잊히는
　　　　　……더 잊을 것이 있습니까?

여왕은 부엌을 사랑하는 만큼 부엌을 갖는다
왕이 왕인 것과 같다

음악이 침묵으로 완성되기 때문입니까

더 이상 밀 곳이 없을 때까지

　　　붙들린

입술들 무릎이 꺾인 밤의 목소리 눈의 시속 눈과
알 수 없는, 여왕//여왕이 여왕 이전에 가졌던 계절

빈 얼굴이 마지막까지
　지키려 했던
　　색

이런 방식은 용납할 수 없습니다

# 독순

우선 써보자. 귀머거리 여가수에 대해. 언덕에서의 밤과 쓸모없는 포옹이 범람하던 창백한 폭포의 빛. 눈물이라고 사랑이라고 써보자. 책임 없이. 감정 없이.

물밑에서 얼굴을 본 날. 방으로 돌아와 썼다. 아무도 못 믿어. 아무도 못 믿어. 종이를 찢으며, 귀머거리는 불 속에서 노래한다. 멀어지는 것이 더 멀어진 다음이라고. 적막과 혼돈은 대척될 수 없다고.

신발을 벗은 사람에 대해 써보자.
물을 딛는 숨소리에 대해 써보자.
눈보라 속의 육체 그리고 육체 속 눈, 눈.

세계의 처음에 거짓말이 있다.

불 꺼진 방 천장을 향해 누워 빛을 보고 경적을 듣고 잠든 얼굴을 내려다볼 때. 쓸 수 없을 때. 오래전

애인이 무엇을 써도 상투적일 것 같아 무섭다고 편지 쓴 일을 생각했다. 두 귀를 팔아 노래를 산다면. 무엇을 부를까. 부를 수 있을까.

얼마나 창백한 얼굴. 얼마나 숨찬. 얼마나 긴 영원.
누군가 돌아본다.
누군가 입을 연다.

쓰다 보면, 긴 머리채는 막 출발하려는 기차의 기적이 되고, 손을 놓치는 손은 얼음이 된다.

휘발성 색. 눈먼 노랑. 넘어지는 빛. 네가 싫어하는 말들을 먼저 쓴다. 알 수 없는 색을 알려고. 네가 부정하기 전에 내가 먼저 하려고.

# 사랑의 역사

　너랑 나는 화단에 앉아 사랑에 대해 이야기했다.
사람의 목소리를 녹음해서 틀고 그걸 다시 녹음하고
녹음한 걸 다시 틀고 다시 녹음하고 또 틀고 또 다시
녹음하고 이런 식의 과정을 계속해서 거치면 마지막
에 남는 건 돌고래 울음소리 같은 어떤 음파뿐이래.
그래 그건 정말 사랑인 것 같다. 그걸로 시를 써야겠
다. 그렇게 얘기하며 화단에 앉아 옥수수를 먹었다.

　너는 내가 진통할 때 전화를 했다. 나는 죽을 거 같
아 전화 같은 건 안중에도 없었다. 너는 내기에서 이
겼다고 그럴 줄 알았다고 좋아했다. 도무지 어떤 일
도 끼어들 수 없는 비좁은 벽 사이에서. 혼자 주먹으
로 벽을 내리치며 울었다. 윤은 소파에 앉아 안절부
절 핸드폰을 보고. 나는 오늘 유 캔 네버 고 홈 어게
인을 다시 읽었다. 그 시가 제일 좋다. 나는 그렇다.

　옥수수는 은박지에 싸여 있었다. 김밥인 줄 알았
다. 그런데 옥수수였고 옥수수를 먹는 일은 사랑에

대해 이야기하는 것과 썩 잘 어울리니까. 그런데 거
꾸로, 돌고래 울음을 녹음하고 틀고 녹음하기를 반
복한다면 어떻게 될까. 그건 모른다. 모르지만 너무
슬플 것 같다.

　오늘은 너랑 소파에 앉아 시간이 길게 길게 늘어
지다가 뒤집혀버리는 순간에 대해 이야기했다. 어
쩔 때는 림보에 갇혀 있는 기분도 든다. 그치만 행복
한 무엇이 무형의 뿔처럼 조금씩 자란다. 나는 현상
과 감정에 무연해지고 있다. 너도 그렇다고 했다. 그
이후에 무엇을 쓸 수 있을지 생각한다고. 나도 생각
해야겠다고 속으로 다짐했다. 그 이후와 이후에 씌
어진 시와 그 시의 이후에서부터 다시 씌어진 이후
와…… 이것을 무수히 반복한 다음.

　바다에서 떠내려온 닳고 반짝이는 유리조각을 주
웠다.

사랑에 대해 말하고 싶다.

외계인이 있다고 생각했다.

# 종이배 호수

1

나와 너는 커다란 유리 아래 누워 구름과 불더미를 봐.

너는 감은 눈. 너는 다른 빛 속에서 기울어지고 있어.

나는 슬픈 이야기를 하려고 했어 실은. 너무 슬퍼서 있지도 않은 것 같은 이야기를 하고 싶었어. 그런데 자꾸 구름만 봤어. 어째서 세상은 이 따위고, 어째서 새나 강물 같은 것을 보며 평화롭다고 하는 건지 알 수가 없어서. 그냥, 하고 생각하니까. 슬픈 마음을 슬프다고 하는 것도 허락되지 않는 것 같아서, 낮아지고 있어.

손을 잡으면 차갑고 따듯하고 초록을 흔들고. 복도 끝으로 공을 따라 여자아이가 달려가고. 그런데 낯설고 몇만 번이나 겪은 것처럼 땅이 물컹이고. 사람들은 액체를 나눠 마시고. 오토바이가 지나가. 나는 그것이 슬픈가 하고 물었어. 그런데 그건 아무것도 아닌 거고. 웃음소리가 귓속에서부터 시작되어서. 수족관을 떠올렸어. 아주아주 크고 깊은 불이라고 생각했어.

너는 깜박이는 눈, 너는 다른 그림자 속에서 일어서고 있어.
유리절벽과 유리절벽 아래 최초의 인간이 웃고 있어.


2

처음은 거대하고 처음은 말이 없다.
노를 젓는 사람이 땀을 흘린다.
너는 여기가 처음이지? 그치?
단내가 나는 과일을 반으로 가르자

즙이 팔뚝을 타고 뚝뚝 떨어진다.
외국어처럼, 편하고 낯선 얼굴.
불 속에 갇혀 있는 얼굴.

노래를 할 줄 안다면 불러줄 텐데.
작고 파란 입술이 파르르 떨렸다.

우리는 눈 속에 누워 있다.
우리는 눈 속에서 기다린다.


3


좁은 터널 끝에서 빛이 쏟아져 들어와. 우우우, 하
고 알 수 없는 말이 말 이전의 말이 유리 아래서 둥
글게 울려 퍼지고, 그런데 웃음은 이상해. 이상해서.
어항을 뒤집어쓴 얼굴이 차례로 넘어진다고 했어.
이건 어디에서 끝나는 그림일까 끝도 없이 화가는

온몸을 휘두르고 있어? 빛이 있다고 하면 빛이 생겨나고 네 손을 잡는다고 말하면 네가 나를 끌어안는…… 초록들이 초록들을 흡수하는 그림일까. 가장 뜨거운 것이 가장 뜨거워서 느낄 수도 없는 온도를 가질 때.

영영 누워 있는 사람을, 벌떡 일어나 사라지는 불의 그림자를, 나는 구름이라고 생각했어. 사라진 나라의 왕들을 한 명씩 불러내 가르쳤어. 몸이 포개지고, 하늘은 무척 어두웠어. 처음과 끝이 동일하다는 것. 이어져 있다는 것. 왕들은 왕비를 찾기로 결의하지. 조각난 몸의 완전한 부분만 모아 다시 하나의 땅을 만들기로 해.


4


물의 몸과 같아.

꾹 다문 네 입술은 소리를 몰라.

신과 닮은 형상의 짐승들이 유리를 두들길 때. 지
연된 것들을 다시 호명할 때. 그런데 우리가 꿈꾸었
던 물과 불의 역사가 단지 구름이라니. 평화나 사랑,
그런 것을 슬프다고 할 수 있어? 다리를 저는 사람
이 여자아이에게 비키라고 소리 지를 때. 공은 멀리
굴러가고, 오토바이가 빵, 공을 치고 지나갈 때.

너는 다른 빛의 시작.
너는 부릅뜬 눈.
눈 내리는 날의 말. 눈부신 초록.

# 질문과 대답

가라앉은 배, 찢어진 나무
동굴
천 하루의 밤과 낮
동굴
벗나무 아래 무성한 예감
밑줄 그은 달의 창
동굴
종말 직전 동물들이 느끼는 것
끝없이 원을 그리는 흰 꼬리
동굴
광대는 줄 끝에 매달려 있다
동굴
빛은 이 밤을 반으로 찢는다
동굴
모래, 모래, 모래
동굴, 동굴, 동굴
그림자를 끌고 가는 흰 꼬리
그림자를 파고드는 흰 꼬리

몸속 가장 깊은 곳에서 꼬리의 뾰족이 처음 생겨
날 때
동굴
떨어지는 것과 상승하는 것
떨어지는 동시에
다시 떨어지는 것
동굴
몸속을 날던 새 떼가 한꺼번에 추락할 때
너는 두 팔을 닫는다
동굴

·

## 질문과 대답

탑에서 태어나 탑에서 마지막 날을 보낸 소년소녀
들. 어디서 왔는지 몰라. 깊은 우물이 어깨를 스치며
지나갈 때. 소년의 이마를 만지고 싶다. 부드럽고 단
단한 음. 눈을 앞질러 움푹 고이는 음.

나는 거울을 들고 숲 속을 걷는다. 가느다란 뼈.
눈 속에는 세 번 묶은 밧줄. 노래는 멈춰 있다. 거울
을 들여다본다.

너는 몇 가지 이야기를 통해 바깥을 상상하곤 하
는 지하 소년.
누군가 등을 툭 쳤을 때,

*왜 헤매고 있니*

몸속을 날던 새 떼가 한꺼번에 추락한다.

우리는 학습 없이 살육을 이해하지. 서로를 사랑해.

깍지 낀 손처럼.
가깝고 멀게.

거울 속에 죽은 내가 있다. 축축하게 웃으며. 몇
가지 이야기에 대해. 새와 성과 잊힌 사람들. 노래를
지어 부르기도 했지.

*(희미하게)*

돌멩이를 주웠지만 아무 생각도 들지 않았다.

매듭과 매듭의 흔적이 상기하는 밤.
소년과 아버지를 한 주머니에 넣고
두들겨 만든 새로운 인간.

눈 감은 사람들 눈을 뜬 사람들.
더 죽은 새들.

*그만해*

　내가 노래할 때, 지하 소년, 툭, 하고. 나는 본 적
도 없는 길을 걷고, 나는 알지도 못하는 기분을 배우
고, 눈꺼풀처럼 가벼운 감각. 눈 속에 누워.


　지나간 일.
　쥐들이 어둠 속에서 눈을 반짝이는 것처럼.
　가느다란 뼈, 속에 누워.


　무거운 입술, 무거운 숲, 숲.
　*뼈들은 모두 웃고 있는 입술 같지 않니?*


　몸속을 날던 새 떼가 한꺼번에 추락할 때.
　동굴

# 고백놀이


*


나는 눈 내리는 바다 앞에 서 있다. 바닷물 위로 눈송이들이 떨어져 사라지는 것을 본다. 나는 처음부터 끝까지 천년 동안 서 있었던 것 같다.

내내 그렇게 있으면 세상의 모든 접속사를 이어 만든 커다란 이불을 덮는 것 같은 기분이 든다.

말할 수 없을 것 같다.

희박하게 호흡하며 나누는 긴 키스처럼.

내내 그렇게 있으면 세상의 모든 물이 되어 세계로 흩어지는 것 같은 기분이 든다.

나는 아이에게 처음으로 언어를 가르쳐주는 심정

이 되어, 스스로에게 겨우 하나씩 말한다.

눈, 바다, 눈, 바다 그리고 눈 그러나 바다 그러므로 눈 그럼에도 불구하고 바다……바다.

하나씩 떨어진 눈송이들이 심해에 다다를 때까지 그런 리듬으로.

떨어져 물밑을 뒤덮을 때까지 그런 호흡으로.

*

키냐르는 『은밀한 생』 두번째 장에서 갑자기 연주를 포기하게 된 자들에 대해 말한다. 죽음의 가능성과 매번 새롭게 죽는 것에 대해 말한다.

나는 그 문장들을 오래 간직했다.

그 문장들은 읽는 순간 내게로 와서 나를 사로잡고 떠나지 않는다.

어떤 일들은 스스로 알지 못하는 상태에서 파격으로 일어나며 존재에게 끝없이 영향을 미친다.

바다는 눈을 피할 수 없다.

                              *

원인을 알 수 없는 것이 세상의 일이다.

우리는 단지 사후적으로 짐작할 수 있을 뿐이다.

짐작하며 조금씩만 가까이 다가갈 수 있다.

눈의 호흡으로.

*

바닷속에 세계의 코어가 있다. 한 그루 나무. 인간이 도달하지 못한 깊이에 잠겨 처음부터 끝을 지켜보는 나무.

거대한 색을 움켜쥐고 있는 물속의 나무를 생각한다.

어느 날 눈이 잎사귀 끝을 스치고 가라앉는 장면. 하얗게 눈을 뒤집어쓰고 요요히 떠오르는 하얀 나무.

나무가 온몸을 뒤흔들며 중얼대는 것을, 한 단어를, 하나씩 꺼내, 조용히 읊조리는 것을.

깊이 잠겨 그것을 엿들을 때. 나는 지워지는 것 같다.

무엇을 말할 수 있을까, 물을 때. 나는 점점 더 의기소침해진다. 갑자기 아무것도 연주할 수 없게 된 사람처럼.

더듬거리며 고백할 수 있을 뿐이다. 내가 지켜보는 풍경을. 입술을 뗀 직후 연인의 얼굴을 볼 때. 그의 눈 코 입 너머로 먼 미래의 이별을 미리 겪는 것. 매번 새롭게 이별하는 것. 그리고 침묵.

나는 바다 앞에 서 있다. 수평선을 절벽이라고 믿었던 옛날 사람들과 같은 마음이 된다. 나는 내용 없는 빈 중심이 된다. 하나씩, 접속사들을 꺼내 적어본다.

나는 눈이 내리는 것을 본다. 하얗게 공중을 흔드는 눈송이들이 닿는 순간 사라진다. 부지불식간에 천년이 흐르는 것을 본다.

말할 수 없다.

3부

## 자매

색색의 조명등이 나에게 여러 개의 그림자를 달아
준다

우리 자매는 몇 가지 놀이를 가지고 있다
어떤 날엔 촛농 같은 쿠키를 집어 먹으며
서로의 이름을 바꿔 부르기로 한다

맹세를 할 때는 맹세만을 생각한다

불어나는 혓바닥처럼
식탁 밑에 쭈그리고 앉아
우리는 다툼을 꾸며낸다
너는 이제 영영 네가 되어야만 할 거야!

거품이 터지는 소리
물속에 잠겨 있을 때
내가 흉내 내는 동물의 울음소리들
빛은 내 몸을 구석투성이로 만든다

언니는 오래도록 식탁 아래 남아
헤아린다 접시를 쥐고
하나두울 하나 다시 하나

가느다란 빛이 두 귀를 관통한다

초식동물들의 몸 안에 새겨진
어두운 울음을 생각하고 싶다
가능하다면 리본처럼 풀어지는 혀를
훔치고 싶다

# 멸종위기

이 방에는 자수정이 있다 책상 위에 있다 자수정은 자수정만의 각으로 놓여 있다 나는 자수정을 본다 자수정에 반사되는 빛을 본다 자수정이 빛과 함께 멀다

두 시로 예고되었던 총격은 일어나지 않았다 모두가 벽 뒤에 등을 붙이고 앉아 숨을 몰아쉬었다 그 새끼들은 언제 오는 거야 씨발 나는 수를 생각했다 수와 마을의 보리수나무와 보리수나무 열매의 시큼함을 생각했다 열 받은 대장이 허공에 총질을 했다 씨발씨발 입속에 잔뜩 침이 고였다

옆자리에 누워 승일은 신문에 우리가 나왔다며 기사를 보여줬다 작은 점들이 나무 사이에 박혀 있다 봐봐 이게 너고 이게 나지 내 입이 열려 있는 거 보여? 난 이때 후방에 신호를 보내던 중이었어 암호는 바나나였지 기억해? 그는 주먹을 흔들며 말을 쏟아낸다 태어날 때부터 그랬을 것처럼

이 방에는 자수정이 있을까 책상 위에 있을까 자수정은 자수정의 모양을 하고 있을까 자수정은 보리수나무 속에 있을까 꿈속에는 수와 승일이 손잡고 보리수나무 아래서 웃고 있다 나는 그걸 신문에서 봤지 슬며시 주먹을 쥐고 흔들어보다 멋쩍은 기분이 들어 그만두었다 수는 말이 없는데 수는 히……하고 숨을 내뱉을 뿐인데 어느 날은 견딜 수가 없어서 수를 두들겨 팼다 수는 더 빨리 더 많이 히…… 히…… 했다

오늘의 암호는 달팽이야 잊지 마 사격 전에는 암호를 묻고 지시를 따를 것이다 그제 암호는 뭐였지? 그끄제는? 낙타 수염 바나나 도마뱀 호랑이 사과 독수리 뱀 이제 달팽이다 우린 여기서 본 적도 없는 것을 매일 부른다 그 이름을 생각하다 보면 그건 정말 수수께끼 같다 달팽이 달팽이 하고 소리 내보다가 누군가 추운 게 정말 싫구나 했다 나는 자수정이 빛

124

속에 놓여 있다고 어떤 마음의 공간에 그런 것이 있
다고 믿기 시작했다 그것이 좋았다

어젯밤 보초를 섰던 친구는 돌아오지 않았다 그는
징후적인 징후는 예감의 반대쪽에 있다고 했다 이해
할 수 없다 이해할 수 없어서 달팽이, 하고 대답했다
승일은 친구의 멱살을 쥐고 흔들었다 일어나 개자식
아 뺨을 때리고 가슴을 두들겼다 친구는 말없이 축
늘어져 있다 사람들이 달려들어 그를 떼어냈다

수가 웃는다 수가 웃으며 히박하게 공기를 흔든다
히…… 히…… 나는 마음이 아프다는 것을 알 것 같
다 누군가 돌아오지 않으면 이전으로 갈 수 없게 된
다 자수정이 자수정인 것은 아니다 조용한 밤 발치
에 총을 내려놓고 웃어보았다 잊을 수 없는 슬픔을
갖게 된 것 같다 우리는 입을 벌리고 바나나 바나나
바나나 말했다 내일은 또 다른 말을 할 수 있을 거다
그것이 무섭고 좋았다

# 여름시

두 손은 물속에 있다.
어떤 표정을 지어야 할까.
새를 모르는 아이들이 새, 하고 말할 때.
두 손은 물속에 있어서.

먼 나라로 엽서를 썼다.
몇 시간이나 걸었어. 검은 얼굴들이 빈터를 가득
메울 때까지 가만히 서서. 목소리들이 하나의 단어
를 끝없이 꺼내 공중에 풀어놓는 것을 지켜봤어. 이
상한 밤이 밤을 가지고 손장난을 치고, 빼곡한 얼굴
이 전부 사라질 때까지. 모르는 마음을 내내 가졌어.

해안가에서 그가 두 손을 펼쳐봐, 손바닥을 위로
하고. 그래. 너는 불과 함께할 수 없구나, 할 때. 눈
이 큰 아이들은 원을 그리며 서로를 때리는 춤을 췄
다. 점점 더 세게 서로를 때리며.

이 영화를 열 번 봤어. 대사를 다 외웠어. 소포에

든 것은 새끼손가락이지. 그는 분홍리본 상자를 가리키며 웃는다.

번개가 치고 천둥이 쳤다. 아무도 집 밖으로 나오지 않았다. 우리들은 내내 누워 있었고 가끔씩만 서로를 바라봤다. 그거 알아? 광장에 있는 나무는 우리 엄마, 우리 할머니, 우리 할머니의 할머니, 할머니의 할머니의 할머니…… 아주 오래전부터 있었어. 우기 때 죽은 사람들은 거기에 묻혔어. 그 사람들의 이름을 이어 나무를 불렀어. 이름이 점점 길어졌어. 이제 정확한 이름은 아무도 기억하지 못하지.

물속에 잠긴 커다란 나무.
거짓과 거짓, 진실과 진실을 이어 붙인 커다란 목관.
뿌리가 움켜쥐고 있는 것.

야윈 개들이 눈을 빛내며 컹컹 짖을 때.
온종일 벽을 긁고 낮게 엎드려 앞발을, 꼬리를 숨

길 때.

예감은 창백하고 밤은 길어서.

나는 창을 열고 바다 끝의 섬을 봤다. 섬은 커다란
짐승의 귀 끝 같아, 물이 다 사라지면 감긴 눈을 뜰
것 같았다. 저긴 아무도 안 가. 천둥 신의 어머니가
그곳에 있어. 그분은 인간과 짐승의 피와 살을 빚어
빛을 만들어. 바다와 기원의 상징이야.

이제 달이 돌아눕는 시간.

두 손을 부러뜨리고 싶다.

아프다, 아프다 하며 가장 앞에 있는 신과 가장 투
명한 신이 서로를 붙들고 놓지 않는다.

나는 이곳의 사람들에게 영화를 만든다고 거짓말
했다. 그건 옛날에 사라진 왕국에 대한 이야기야. 왕
국이 생겨날 때의 이야기야. 작은 마을에서 태어난
여자아이가 여왕이 되고 목이 잘려 죽기까지의 이야

기야.

　너를 꺼내고 싶다.
　눈을 처음 본 아이들이 고개를 들어 아, 하고 혀를
내밀 때.
　언덕 너머까지 달려가 사라져버릴 때.
　두 손은 꽁꽁 얼어 있을 때.

　나무 아래서 올려다본 벌집.
　그것이 네 얼굴이었다.

# 언플러그드 朔

날개들은 옷장 안에 있다
몇 가지 색들―보라와 빨강 혹은 노랑에 가까운
기침 소리―
물속에서 벌어지는 손가락처럼
(날개들은 옷장 안에 있다)


윤달에 태어난 여자아이, 손끝을 잃어버린 노인들
해변을
미끌거리는 침묵 위를
배회하며
그들이 암송하는


모래를 쌓아 구름을 만들고
먼지에 가까워지는 물결, 표정
알갱이, 알갱이들 그리고 옷장


여자아이의 엉덩이는 검은 물 자국
길어지는 몸이 싫어

물처럼
날개를 부러뜨린다

옷장은
질문만 쌓였다가
물 아래로 허물어지는
구름의 형태학

노인들이 서로의 작은 손바닥 위에 올려주는
작은 돌들, 알갱이 이전의 무늬

옷장처럼 수줍게
여자아이의
아침의
날개들이 산산조각 날 때
태양이 숨겨준 칼

가늘게

모래 위로

                몸을 밀고 가는

구름의 독립성


잡히지 않는 물밑의 상

낮은 소근거림들

뒤섞이는 노인들의 어깨

여러 가지 색들


(빨간 사과의 절단면,

      파랗게 질린 물결의 아랫입술,

           날개 위엔 어렴풋한 빗금들)


여자아이는 모두의 어머니고

어머니는 구름의 증상

모래를 파헤치는

뭉툭한 손들

속삭임, 속삭임
깜박이는 통각

옷장 속 날개들이
파닥일 때
기울어지는 검정
밟고 올라가자
구름 이전까지

날개들: *라*
　날개들: *라*
　　날개들: *길고 긴······ 라*

# 木浦


그것은 아무 표정도 아니야
깊어지는 불
가파른 계단, 밤을 알고 난 후에 꾸는 백일몽


긴 손톱, 어둠이 가장 얇은 입자로 떨어져 내릴
때, 반쯤 열린 입과 조각난 입김 속에서


나는 자신의 발끝을 볼 수 없는 나무
밤을 들어 올리는 눈송이


꿈은 막 태어난 얼굴, 쭈글쭈글한 불
뾰족한 연필을 입속에 넣는다


귀의 계단과 수정할 수 없는 온도
나무들이 흔들린다 바람을 내쫓는다
두 눈은 불, 가장 어두운 불의 문법


초록이 몸 안으로 들어올 때 내부를 숨길 수 없어,

끓어오르다가 사라져버리는

　내가 입을 여는 순간 검은 실 뭉치가 툭 떨어져 내
릴 거다

# 목격자

보랏빛 육체에 칼을 박아 넣고 돌아선다

여름, 청각만으로 청각을 완성하는
숲을 상상한다

앞발과 뒷발을 어디에 두면 좋겠니? 안심할 수 있
겠니? 새로운 배역이 주어졌고 캐릭터를 구상해야
해 온 가족을 죽이고 신분을 바꾼 늙은 여자에 대한
극이야 돌고 도는 나무둥치의 바람, 여자들이 공터
에 모여 역할 바꾸기 놀이를 한다 돌 위에 돌을 쌓듯

여우는 가죽을 벗어놓고 침대를 떠났다 나는 귀를
숨길 비닐봉지를 찾아 부엌을 서성인다 이 숲은 끝
났어 나무들을 봐 저 흩어진 각도와 호흡에 대해 생
각해봐 어떻게 다음 계절을 맞이할 수 있겠어 응?
팔목이 철철철 표정에 가깝게 흔들린다 그건 조금
귀여운 예상이군 예상은 검은 나무들 혹은 생활처럼

나무가 있고
나무 아닌 것이 있고
나무와 나무 아닌 것 사이에 있는

이건 너무 지루해 나는 비닐봉지를 뒤적여 차갑고
단단한 귀를 꺼냈지 제발 먹으면서 말하지 마 삼키
고 말하라고 소매 안에는 젖은 빵 덩어리 외설적인
포즈의 나무들 팔목 위에는 흐릿한 글자들 바싹 마
른 잎사귀 같은

찢긴 눈동자다
감겨주고 싶어 감겨주고 싶지만
나에게는 층계가 없다 없어서
새로운 장르를 개척해야 해

바람과 시야를 부옇게 만드는 기후 몇 개의 발자
국이 나의 준비물이다 아직도 모래가 한때 돌이었
다고 생각하니? 여우가 가졌던 굶주림, 배꼽 아래서

돋는 새싹은 감추기 좋은 비밀…… 액체의 유연함,
최초의 어둠에서 최후의 한 사람까지

처음에는 이파리의 끝이 조금씩 말라가더니 곧 떨
어져 내렸어 딸꾹질을 할 때처럼 나무들은 출렁였지

나의 청각에 대해, 나는 내가 생각할 수 있는 만큼
만 생각하기로 했다
생각이란 말과 진짜 생각 사이로
여우 가죽에서 도려낸 귀를 달고
망명에 가까운 산책을 감행한다

나무와 나무 사이

여우와 팔목 사이
ㅅㅅㅅ
ㅅㅅㅅㅅㅅ
ㅅㅅㅅㅅㅅ

그런데 여름이 뭐지?


등대에는 버려진 악기들
발칙한 흐느낌 물을 끌어안은 청각
여우는 망가진 얼굴을 물 위에 비춰본다
아름답고 아름다운 여름
숲숲숲……
　　　　　어둠 쪽으로
쫑긋한 귀들 줄지어 무대를 빠져나간다


보랏빛 얼굴 보랏빛 구름 보랏빛


잎사귀들 떫은 맛
혀끝에서 단단해지는


음소거된 연극의 한 장면에서
너는 증식하지
물속에서 총이 발사된다

사라지기에 알맞은 정황이다

너는 소파에 앉아 빨대 끝을 죄다 씹어놓는구나
방향을 잃은 방향이 회귀하는 밤이구나 생각이 생각
을 잃어버리는 장르구나 다시 여름이 올까? 여름이?

여자들은 치마를 들어 올려 숲과 등대 사이 버팀
목을 완성했다 막이 내려간다 돌탑이 무너진다 대본
의 마지막 문장을 두고 의견이 분분했지 철문을 외
로움이라고 말해 아냐 여우를 사냥꾼으로 키워야 해
어서 가서 더 큰 비닐봉지를 구해 와 이 글자들은 도
저히 알아먹을 수가 없구만

날씨에 대한 짧은 감상을 덧붙여줄래?
늙은 여자들 단단한 팔목

한 명이 울자 여러 명이 운다

# 혈액병동 라디오


차가운 바람이다
차가운 바람이라고 쓰는 손이다
공기를 껴안은 육체다

침묵과
침묵을 흉내 내기 급급한 공백들

만일 내가 무슨 생각을 하는지 안다면

으깨지는 색
기록하는 무릎
귓속에서 숨, 불이 시작되었지

아버지에 대해 이야기하기 실컷
한 뒤의 기분

긴 잠을 자고 병동의 온도 흰 가운 흰 환의 흰 시
트 흰 천장 흰…… 막 깼을 땐 좋았지 침묵

언니는 가끔 돌아누우라고 한다

옷고름 속에는 실반지
이 가느다란 얼룩들은 어디서 왔을까

지워진 색은 자주 부르고 완결 없는 책 비스듬한
칼날은 읽는다 날씨의 예민에 대한 문제다 소름이
돋는다 팔과 다리에 등에 얼굴에 언니가 영원이라고
손가락을 세워 적는다 깊은, 깊고 깊은

세계의 끝
실험실의 아이들
온도를 견디는 것은 육체뿐이니?

입을 틀어막는 아버지 허리띠를 풀어 쥐는 아버지
벽에 밀어붙이고 목을 조르는 아버지 포르노를 보는
아버지

내가 무슨 생각을 하는지 안다면

계속 계속 마르다가 작은 물 자국처럼 증발해버리면 어떨까 의사 선생님 안경을 가져갔다 두번째 단추가 떨어졌다 계단은 비밀이 많으니까

담아서 줄래? 거기 전달할
조그맣고 하얀

데시벨을 잃은 진동에게 딸을 낳는 딸에게 서투른 거짓보다 더 파란 청진기를 납득이 가지 않는 대물림을

전봇대
얼굴은 두 개
꽃 속에 있다

# 기면발작

일렬로 늘어선 아이들이
서로의 귀에서 귀로 한 문장을
팔랑, 팔랑 전해줘

고깔 모양으로 맞댄 두 손
공기처럼
귓가를 향하는 입술

아무것도 이해하지 말자
독 가루가 묻은 나비 날개
失明
우리가 몸서리칠 때

처음과 끝이
아무것도 아닐 때
부풀어 오르다 꺼져버리는

기울어진 수십 개의 그림자들

바람이 불어도 흔들리지 않는
이상한 더듬이들

팔랑이며
귓속으로 뿌리를 뻗는 가루
입을 열지 못하고

처음의 문장과 마지막 문장이
뒤바뀔 때
우리의 귀가 일시에 사라질 때

# 열대병

초록 대문 머리를 질끈 동여맨 여자아이 미지근한 밤공기 가로등 주위를 배회하는 작은 벌레들의 소문, 그 뒤를 쫓는 긴 꼬리의 고양이들 공중에서 미끄러지는 먼지들 동그라미 동그라미 주문처럼 읊조리는 하나의 단어

배운 적도 없는데 터져 나오는 첫울음처럼 마주 잡는 두 손, 흩어지는 한순간의 떨림 이름 붙이고 싶은 여러 가지 색들 뾰족한 연필을 쥐고 꾸욱 손가락을 찔러보는 책상 앞의 나날 밤은 어김없이 밤이구나

기지개를 켜는 바닥의 고양이들 점점 길어지는 고양이들 감출 것이 없어 주머니 속에 찔러 넣는 두 손 문 뒤에 빗금처럼 기대서서 동그라미 동그라미 소리내 말할 때 입속에서 파르르 굴러떨어지는 투명한 기포들 인사는 쉽고 손가락은 너무 많다

툭 담뱃재를 떨구는 검지 끝 대문 안 쭈그리고 앉

아 침을 뱉는 여자아이, 여름밤은 혀끝에서 녹아내
린다 미끄러운 날개들 쏟아지는 창들의 빛 감은 두
눈 속에서 흔들리는 날개들 처음 발음해보는 이름의
울림처럼 조용히 흩어지는

# 모자이크


나는 오늘 새로 태어난 슬픔
그 누구와도 닮지 않은
뾰족한 은빛의 체온

눈동자 속으로 풍경이 파랗게 음각될 때
우리는 돌아오지 않는 고양이를 기다리고 있습니다
귀가 쫑긋한 나를 키워준 공포에게
오늘은 노란 무늬 참새를 오려줄 거예요

창백한 공기의 떨림
빛들은 서로를 바라보지 않은 채
무한히 부딪치고 있다 구름처럼
말이 없는 모래밭에서
서로의 이름을 부르고는
뒤돌아 멀어진다

녹슨 날개, 티포트 안에서
녹아내리는 우리는

서로의 눈알을 만지고 싶어요
청각에 의지해 서로의 실루엣을
가위질하는 붉은 혀

자정을 알리는 종소리가
허공으로 스며들 때
감은 두 눈 위에
종잇조각을 올려주는 작은 손

색색의 천을 덧댄 테이블보 아래
네 개의 다리, 마주 보는 두 소녀
각각의 손에 가위를 들고

## 저고

　변형된 것은 저고라고 불리는 청각실험기 안에서 발생합니다. 저고는 사람도 아니고 사물도 아닙니다. 저고가 생겨난 것은 영혼을 발명하고자 하는 시도로 인한 것이었습니다. 저고를 만드는 데 사용된 것은 만 명의 울음소리와 웃음소리, 추락하는 물질의 속도와 지면에 닿는 순간 파손되는 힘, 그 힘이 사라진 후에 남은 조각들입니다. 우리는 관념 속에서 시작합니다. 관념 속에서 커다란 동그라미와 작은 동그라미 작은 동그라미 속에 무수한 눈동자가 정반합으로 회전하거나 튀어 오르는 상상입니다.

　저고는 그중에서도 운동하지 않는 단 하나의 절망 같은 것이었습니다. 그 절망이 바닥없는 추락과 동일하다면, 하고 우리는 가정하기로 합니다. 가정에 대한 가정으로 저고와 저고에 대한 저고가 생겨납니다. 만 명의 울음소리를 겹치고 웃음소리를 겹쳐 우리는 이해할 수 없는 짖음을 얻게 됩니다. 거기서 의도하지 않은 언어와 같은 형태가 생겨났고 그 언어를 저고체라고 일컫습니다. 때로 겹쳐진 소리들을 다시 겹치거나 해체하는 작업이 시행되었습니다.

우아아주치하가지두라기아퍄거다리지이키하겨아 정라무비이리다눔아부우치 이런 식의 무의미한 소리들을 계속해서 받아 적는 저고 ver. 509를 만들던 날, 우리 중 한 명이 실종됩니다. 실종은 예고된 적 없지만 순리에 맞는 일로 받아들여졌고 하나의 이름 위에 줄이 그어졌습니다. 빈칸은 빈칸으로 남겨진 채 부피에 의해 밀려납니다. 저고는 스스로 사고하지 못하기 때문에 우리는 웃음소리 위에 우리의 선언과 같은 문장들을 덧대어나갔습니다. 그리고 그 이후의 소리를 사념에 속한 일종의 저고에 대한 저고의, 저고 수위라고 여겼습니다.

우리의 우리라고 우리가 천명한 소리수집가들은 소리를 갖지 않는 기형에 몰두하게 되었습니다. 저고로부터 공백까지. 이렇게 텅 빈 상태를 이제는 영혼으로 받아들여야 하는 건가요.

우리가 우리에게 기울어지며 우리가 우리를 흔든다.

저고는 어떤 겹이 아닌 구의 형태가 되어 순환하는 독립된 소리 세계가 될 것입니다. 그 현상에는 아래와 위, 처음과 끝이 없습니다. 무한히 반복되는 동시에 무한히 끝나는 ~~저고들에 대한 저고들의 저고들어~~ 저고들을 만들어냅니다. *그것은 절망과 유사한 풍경이다.* 한 문화평론가는 그렇게 말했습니다.

실험은 실험되지 않을 때에도 실험이라고 불리기 때문에 실험으로써 영속적인 위치를 점합니다. 그 영역을 비유추의 계라고 부르는 집단이 있습니다. 집단은 집단으로 구성되었지만 웃음도 울음도 파도와 같이 취급하며 추락 이후의 도약에 대한 연구로 정신에 대한 반정신으로 생성에 기여합니다. 이렇게 우리는 우리에 대한 의심에 흡수되었습니다. 의심받지 않는 의심처럼. 가득 찬 저고들 사이에서 단 하나의 거짓 저고가 발견됩니다.

저고는 저고를 지킨다.
저고는 저고 이외의 것에서부터 저고로 단단해진다.

우리는 우리를 ~~의심하는~~ 저고라고 여겼습니다. 의심이 많을수록 의심이 없는 의심까지도 의심의 영역에 속하게 된다는 것을 다시 확인했습니다. 우리 중의 가장 우리가 우리에게 묻기 시작합니다. *저고는 저고에 대한 사랑인가요.* 사랑이라는 관념은 우리에게 심각한 재난과 같았습니다. 그렇다면 영혼은 사랑인가. 이렇게, 멀리 나아갈 수도 있을 테니까요.

저고는 웃지 않습니다. 저고는 울지도 않습니다. 저고는 소리의 집합체로 만들어진 단단한 침묵입니다. 그것은 우리가 간절히 우리를 원할 때 멀어지고 우리가 끝끝내 우리를 외면하는 순간 다시 태어납니다. 저고. 저고는 저고를 지키며 저고와 저고에 대한 저고의 저고 이후에 속합니다. 그렇게 커다란 소음과 저고 ver. 509의 저고체를 끊임없이 삭제하는 저고 ver. 989는 동시에 시행되었습니다. 의심이 많아 의심을 의심으로 인식하지 못하는 파동입니다.

무의미한 저고체 속에 불쑥 어떤 단어들이 등장하곤 합니다. 반지, 구름, 껌, 지갑같이 실제 사용되는 언어입니다. 우리는 ver. 509와 ver. 989 사이에 온전한 단어를 걸러내는 새로운 실험기가 필요하다는 결론을 내립니다. 혹자는 그 단어들을 모아 무의미의 사전을 편찬하려고 합니다. 우리는 저고가 만들어내는 *침묵과 침묵 아닌 것* 사이의 음절 속에서 어떤 현상을 통해 단어들이 생성되는지 패턴을 연구하고자 하였습니다.

어떤 이계에서 수백 년 전 무전으로 보낸 신호와 같이. 지직거리는 소리들 속에서 우리는 이해할 수 없는 도무지를 이해 속으로 끌어 올리고자 하였던 것 같습니다. 그 이해들이 모여 하나의 동력이 되고 그 동력이 모여 끝내 영혼으로 치환될 것이라고. 우리는 우리의 실종을 우리의 사랑과 같다고 느끼기 시작합니다. 그런 것이 가능하다면.

전부 소진될 때까지.
소진되고 난 이후 소진된 것이 다시 소진될 때까지.
몇 번이고 구체 속 소리들을 되짚어가며.

실종된 우리는 실종되지 않은 우리 안에서 발생합니다. 저고를 향한 관심은 저고 이후로 분화되면서 점점 뒤틀리기 시작합니다. 유사 저고들이 생겨납니다. 우리는 우리의 방향에 대해 의문을 갖게 되었습니다. 청각에 대한 실험을 통해 영혼에 가닿는다는 너무나도 진부한 초석을 다시 생각해야 한다는 생각이 도래하겠지요. 그러나 저고는 끝도 없습니다. 영혼에 가닿는 불가해를 영혼으로부터 시작해 되짚어

*나가야 한다.* 이것은 우리가 사라진 다음 우리에 대해 기록된 일부입니다.

4부

# 동세포 생물

밤이 사람을 데려간다 더 먼 쪽으로
죽은 사람의 곁에 누워 밤새 이름을 불러본 적 있다
그 밤을 얘기할 수 없다 물도 물의 규율도
알지 못하니까

발밑을 흐르는 구름
육교와 가로수를 잊고 온도와 뼈를 버렸다
흔한 노래를 듣고 같은 식사를 반복했다
물속에서 평생을 보내는 바다 생물들

몸은 물주머니인데
익사할 수 있다니 불가해하지 않니

　오래된 기억을 꺼내 말하기, 거의 없는 것처럼 희박
해지기, 다른 방향을 바라보기, 왜 그랬니, 침묵하기

　어른이 아이를 대할 때처럼
　밤이 우리를 조용히 이끌고 있다

뒤로 더 먼 쪽으로

물속에서 운다면 아무도 눈치채지 못할 거야

음악이 멈추면 우리들은 어디로 갈까 집으로 가
취한 몸을 눕힐까 오토바이를 타고 몇 시간이고 달
린 다음 땅에 내려올 때처럼 이상한 시달림 분리되
는 기분일까

뭍으로 떠밀린 물고기 떼처럼

검은 기름을 온몸에 칠한 착한 사람
본 적 없는 것과 본 것을 구분하는 사람

자리에서 일어났을 때 마지막으로
돌아보며 문을 닫은 것은 누구였을까

심해어가 죽고

수면까지 떠오르는 동안 호흡

새 모자를 사러 가서 새 구두를 사오는 일 술에 취하면 아무 데나 눕는 큰 상자구나 나는 긴 편지를 쓰기 시작했어 붙이지 않아야만 도착하는

잊힌 밤 창 뒤에서 모습을 감추는 사람
물고기가 물을 견디는 방식에 대해
나무가 계절 속에서 가늘어지는 방식에 대해

거울 속에서만 나를 마주 보는 나와 두 눈 속에 시선을 가둔 너 가진 적 없는 이름처럼, 본 적 없는 모래처럼, 잠겨 있다 어깨를 흔들다 어떤 여백으로도 가질 수 없는 간격

무엇도 돌아오지 않기를 바라

가지가 부러지는 방향을 향해

고개를 돌리는 작은 부리들

푸른 얼굴을 한 네가 푸른 얼굴 위를 걸어간다

우리는 모두 사로잡힌 사람이다
한참을 빗속에 서 있는다
익사하지 않는다

# 동세포 생물

멀리 두번째 달이 떴다

너는 통속적인 말로 이루어진 시를 쓰고 싶다고
했다 새벽 두 시, 커다란 음악이 우리를 둘러싸고 있
었다 아무도 웃지 않았다 갑갑하고 편안했다 근사한
기분을 찾을 수 없었다

달은 커지지도 작아지지도 않았다

꿈을 꿨다고 자주 썼지만 쉬운 시작이 필요했을 뿐
나무가 있고 내가 있는 우리의 세계는 없다 흑점 뭉
툭한 얼굴로 너는 시, 시시, 하고 웃는다 있잖아 마음
이라는 것이 있다면 뭐든 마음대로 할 수 있을까

거절의 밤들 허락보다 거절이 쉬우니까 거절을 택
했을 뿐이야 흑백 화면 속 여자가 싸늘하게 읊조리
며 된장국을 뜨고 밥을 퍼 식탁에 올린다 이상한 여
자다 그치 빨리 감기 버튼을 누르며 너는 뒤척인다

새벽 세 시, 첫차가 뚫리면 바다에 가자, 순식간에 약속한 듯 모두 동의를 표했고 디제이는 백판을 돌리며 손을 흔들었다

수면 위에서
달은 수없이 부서지지만 그대로

해와 달처럼 자연스러운 온도 자연스러운 청력 자연스러운 기분 불과 행 절과 망 누운 몸들 눕힌 몸들

아가미가 벌어지는 물 밖의 마음으로
이제, 이제라고

먼지야 먼지 너는 정액을 삼킨 여자애처럼 얼굴을 찌푸렸다 아무도 듣지 않았다

디제이는 여보세요 춤을 추세요 하고
말하겠지 빗금처럼

바다는 무슨 바다

더 먼 쪽으로

커다란 손이 너무 커
달 같다

말할 뻔했어
옛날
첫번째 두번째 언덕의 그림자 뒤로
가늘고 뾰족한 눈들
기침하듯 왈칵했어


남자와 여자는 마주 앉아 말없이 밥과 국을 퍼 먹
는다 남자는 신문을 보고 여자는 조심스럽게 고개를

들어 남자를 곁눈질한다 남자는 고개를 숙인 채 작게, 국 좀 더 줘 할 뿐

조금씩, 깎여나가, 아무 일도, 없었는데……
배를 가른 붕어의 부레를 손끝으로 만져봤던 날
얇은 막이 불안하고 이상했다

신물이 난다 더 근사한 맛이 없었다 바위도 단풍도 첫눈도 여름 바다의 정지와 반복 빛도 소금도 어둠도 설탕도 아무것도 아니니까

아무도 웃지 않는다 잔을 테이블에 내려놓는다 이런 게 통속인데 이게 시 같니 이게 시가 되니 맞은편의 입이 벌떡 일어나 크게 벌어진다

그래 시다
손들 손을 아끼는 손목들
불가해하다

외출을 할 때마다 모자를 잃어버렸다 몇 년간 바다에 간 적 없다 시에 대해 이야기하는 게 쉬웠다 술을 마시면 취하고 누우면 잠이 들었다

모든 밤이 흔들렸다
그대로

*

모든 클럽의 모든 무대에서 불이 꺼지면 디제이들은 다 어디로 갈까

더러운 행주를 쥐고 어깨를 들썩이는 여자
짧은 치마를 입고 베란다에서 코피를 흘리는 여자
너와 함께 영원히 걷고 싶어 웃으며 몸을 배배 꼬는 여자

어떤 장면에서든 남자는 옆에 있다

어쩌면 말하고 싶었을 거다 춤 따위 그만두라고
전부 나가 소리 지르고 싶었을 거다

마음을 마음대로 하지 못하는 마음이다
들켜버리고 싶다고 네가 울기 시작했을 때 우리는
교대로 화장실에 다녀왔고 거리로 나가 택시를 잡기
로 했다 알 것 같지만 웃음은 여전히 여기

남자가 여자를 눕히고 옷을 하나씩 벗기면서 여자
의 살갗을 핥는다

나는 시에 대해 말하는 일이 잦아졌다 말할수록
내 말이 진짜 같아서 더 많이 말하게 되곤 했다

빛들, 넘치는, 검은 빛들
이를 딱딱거리는 거리의 개들

시, 시시

욕을 잔뜩 갈기고 싶다

남자는 구름처럼 이 여자 저 여자 다시 이 여자 다
시 저 여자 그리고 새로운 여자들 사이를 오고 갔다
한 여자는 애를 지웠고 두 여자는 죽었다

바다 위에서 흔들리는 달
사라진 투명한 얼굴

흔한 이미지에 사로잡힌 마음을 감추기 힘들다

새벽 거리에 비가 쏟아지기 시작했다
시, 시시, 시……
소리를 내며

우리는 가까운 편의점으로 우르르 뛰어 들어갔다
우산은 이미 동이나 있었다 번개가 쳤고 천둥이 울
렸다 굵은 빗방울이 빗금을 그으며 창 위로 흘렀다

코트를 뒤집어쓴 커플들
맞닿은 어깨들
멀리

달은 모습을 감춘다

한밤중 남자는 초를 들어 올려 죽은 여자의 얼굴
을 비춰보았다 붉은 립스틱을 입술에 칠해주었다

마음이 마음을 향해 기울어지는 것

빛 속을 유영하는 은빛 빗금들

엔딩크레디트가 올라간 후 돌아보니 너는 리모컨

을 쥔 채 잠들어 있었어 아버지처럼 소년처럼

*

이제 영원이라고 말하지 말자 안녕이란 말도 사랑해란 말도 하지 말자 우리는 금기를 견고히 하려 애쓴다

어떠니
물 밖과 물 안이 동시에 여기

개헤엄을 치듯 몸을 뒤틀며 토하고 먹고 토한다

이 밤은 너무 길다 아니 너무 멀다

한때는 무언가를 마구 써놓은 다음 아니, 하고 부정하는 수법도 꽤 괜찮다고 생각했지 여자가 매 끼니를 준비하는 것과 같다 식탁 위의 대칭을 이루는

식기들


　가만히 들썩이는 어깨


　음 그러지 말고 돌아 누워봐 음소거된 방 안에서
너는 한쪽 입꼬리를 올리며 키득거렸다


　멀리서 누가 나를 부르는 것 같은 생각에 사로잡
혔다 너에게 그 느낌을 이해시킬 수 없었다 여자와
남자가 하듯 밥을 먹고 밥을 먹고 밥을 먹었다


　가만히 있어봐 다리 좀 벌리고 허리를 들어봐
　그대로, 그대로
　물속인 것처럼


　시, 시시


　아무것도 아니니까 실은


172

바닷속 깊은 동굴에는 차가운 몸이 불을 끌어안고 있대 그거 알아? ……나는 일어날 타이밍을 엿보며 얼굴들을 둘러보았다 비스듬히 펼쳐진 손바닥 차가운 월면

어떤 사람은 말을 더듬었다 그래서 사랑하게 되었다

각자의 가방을 나눠 갖고 각자의 육체를 데리고 흩어지는 물과 고기 가장 투명한 것은 가장 어두운 것 나는 우리가 삭제한 문장들을 우리가 기억도 하지 못하는 문장들을 모두 모아 상자에 집어넣고 손을 넣어 하나씩 꺼내보고 싶었다 그 조각들을 맞춰 시를 쓰면 어떨까 궁금해졌다

그게 네가 말한 통속적인 말로 이루어진 시일까, 근사할까

남자의 부인이 죽기 전에 한 말은 밥,이었다
빌어먹을
밥


파헤쳐진 땅의 흙냄새……


나는 너에게
전부 다 털어놓고 싶은 충동에 시달렸어
시가 되니, 묻고 싶었어


울음을 그친 네가 난감해하며 가방을 들고 일어
섰다


병신
더러운 날개들


심도가 얕은 밤의 창

마침내 얼굴을 드러낸 사람

시, 시시

아무렇지도 않았다

# 호텔 밀라파숨

칼끝, 몸뚱이, 돌아선 빛, 혁명…… 그렇게 불길한 말을 어떻게 입에 담을까. 옷을 껴입고 교문 뒤에 쭈그리고 앉아 있던 보라, 니가 그렇게 좋아했던 목 잘린 나무에 불 지른 어두운 손.

여고생 때 일기장을 펼치면, 선생님 널 죽여버릴 거야,라고 써 있다. 글라이더가 밤새 창밖을 기웃거린다. 눈이 내리면 좋겠지만 나는 벌거벗고 드러누워 있어. 내 이름을 불러봐 내 이름을 불러봐 소곤대며. 물고기는 침대 시트로 발을 꽁꽁 싸매고 납작해지지.

돌아눕는 눈동자들이 밤을 만들어낸다. 멀어지는 구름. 하루에 두 번씩 정확해지는 감정. 작은 조개껍데기를 검지로 꾸욱 눌러 부수는 감촉. 이제 뭘 생각해야 하지? 선생님. 하얀 와이셔츠, 초록 칠판, 흐릿한 백묵 자국. 보라야, 보라야. 가르쳐줄래?

그렇게 위험한 말이 또 있을까. 뭔가를 쓸 때 그 말이 낯설어 자꾸 사전을 뒤적이곤 해. 내 잠든 얼굴을 나는 모른다. 이국의 섬과 섬. 지껄이는 남녀. 지껄이는 벽.

무엇을 잊으면 부드러운 물이 될까. 선생님, 너 야자 시간에 내 귀에 속삭였잖아. 빛들이 관여할 수 없는 지하 세계는 얽힌 관들, 한없이 길어지는 관들, 텅텅 울려 퍼지는 거기가 내 몸속이지.

딸꾹질이 멈추질 않아서, 귀를 틀어막고 복도를 서성였다. 대리석 바닥의 무늬들이 움찔거리며 눈 속을 기어 다녔다. 우물을 잊은 땅이 새로운 창을 갖고 싶어 해. 너만 알고 있어. 사실 나는 죽어본 적 있어.

경고, 추운 바람, 수면을 떠도는 얇은 기름 막. 보라야 보라야. 글라이더의 날개가 뚝 경쾌한 소리를 내며 부러진다. 커튼 너머 늙은 프랑스 남자가 페니

스를 움켜쥐고 울음을 터뜨린다. 서러워라. 차가워
지는 발끝, 오늘 밤이 좋다고 해. 전해줄래?

　나는 돌아누우며, 내 이름을 불러봐. 내 이름을.
활주로에서 막 떠오르는 비행기, 튼튼한 날개, 비늘,
무릎을 접고 주저앉는 나무.

# 샹주망 아버지

도마뱀. 물을 핥는 두 개의 뾰족한 빨강. 육교 아래를 질주하는 새벽의 차들. 불빛들. 샹주망. 샹주망. 부릅뜬 눈. 눈두덩을 쓸어내리는 손. 아버지 당신은 아래가 젖은 채 침대에 누워 계시네요. 부르르 떨며. 제 손목을 움켜쥐시네요. 당신은 양서류. 나는 가장 어두운 물 밑을 헤엄쳐요. 산호를 찾아. 다섯 손가락을 벌리고, 입을 벌려요. 차들. 차들. 육교를. 내 아래를 관통하는 차들. 불 위를 떠다니는 배. 주머니 안에 숨겨진 손. 당신이 나를 만들었어요.

아버지. 춤을 추고 싶어요. 물속에서. 다리가 움직이지 않아요. 시멘트의 높은 육교 위에서. 너무 먼 차들. 손끝을 모으고. 샹주망. 샹주망. 물 위를 걷는 도마뱀. 당신의 손톱이 팔뚝을 파고들어요. 땅 밑으로 나를 끌어내려요. 아버지 아파요. 아파요. 떨고 있는 쇠 난간, 속을 흐르는 피. 차가운 밤의 불빛이 나를 얼려요. 보내줘요. 혀의 움직임. 혀의 속도. 혀의 방향으로. 물을 그러모으는 손들. 샹주망. 샹주망.

179

# 성스러운 피

(화장대와 침대가 있는 작은 방
심해처럼 어두운 파란 빛이 사방을 흐른다
여자는 화장대 앞에 앉아 거울을 마주 본다)


상자가 왔고, 파란 자궁이 들어 있었다. 열쇠 구멍
이 나 있었다. ……검은 그림자들이 쏟아졌다. 인사
도 없이, 발목을 타고 오르는 검정. 파란 자궁을 끌
고, 다리를 타고 오르는 넝쿨들. 질 속으로. 질 속으
로. 꿈틀대며 파고드는.


엄마는 쉬운 영어만 할 줄 알았다
검은 남자가 오면 손짓으로 나를 불렀다
쉬 캔 에브리띵, 애니띵
잘 맞지 않는 열쇠들
혹은 열쇠들


엄마가 나의 등을 슬며시 떠밀었다
검정 속으로

이 방은 파랗구나. 나는 조금쯤 훌쩍이고 싶기도 했는데. 그림자에 안기면 웃음이 나와. 콘크리트와 콘크리트 그리고 철근. 여기 없어. 자꾸만 상자가 오는데…… 늘 그렇지, 늘 그렇듯 파래야지. 채근하지 마.

질
질
질


브라운관 속 두 여자는 서로의 어깨를 감싸 안고
검게 물들인 머리
하얗게 드러난 뿌리
열쇠들 혹은 너무 많은 열쇠들


아, 상자가 도착할 시간이 온다

*

(여자가 침대에 누워 있다
오래된 이불처럼)

옛날에 빛에 혹사당한 그림자들의 역사를 기록한 책이 있었대. 검은 종족들은 그 책이 읽히는 걸 원치 않아서 읽은 사람들의 눈이 멀도록 책 사이에 독을 뿜는 풀의 즙을 발라두었대. 그 책을 읽은 후로는 모든 게 파랗게 보였어. 빛의 저주야.

엄마,라는 이름의 여자는
한 달에 한 번씩 머리를 물들인다
잦은 염색 때문에 머리채는
오래된 실타래처럼 어깨로 흘러내린다

밤, 그녀는 대야에 담긴 검은 물로
내 몸을 씻겨준다

올라잇, 오케이, 아이 노 유, 파인

……

나를 눕히고 그녀는 놀아서 웃는다
관절 속으로 스며드는 희미한 온도
피가 얼어붙는 한밤의 창
(넝쿨처럼 흘러드는 빛줄기들
몸을 휘감고 채찍질하는)


가장 궁금한 게 뭐야? 하나만 대답해줄게. 격자무
늬 벽지가 바닥으로 쏟아지고 있다. 어떻게 죽고 싶
으냐고? 한쪽 벽면으로 쌓여가는 빈 상자들의 가벼
움. 그 안에 켜켜이 쌓여가는 파란 밤의 숨소리.


나는 검은 남자의 아이를 낳았지
질 대신 다리 사이 커다란 화면을 달고
엄마와 검은 남자는
눈을 치켜뜨고 동그란 머리통의 여자아이가
첫울음을 우는 장면을 지켜보았어

눈이 먼 빛의 노예
검은 종족의 신부
파란 빛이 양수처럼

(빛과 어둠 사이
빠르게 번지는 피의 소란)

다리 사이에서 쏟아지고 있었지

*

(요람을 흔드는 작은 손
가느다란 여자의 목소리가 바스라진다)


아이는 커다란 울음주머니
빨개진 얼굴
나는 내가 아는 모든 이름을 불러본다
꺼진 화면 위로 비치는 얼굴, 하얀
밤 위로 검은 눈이 내려앉는다
우리는 서로의 나쁜 습관을 어쩔 수 없이 관찰하지
김이 서린 젖병을 흔들며
팽팽하게 잡아당겨진 동그란 입술
길어지는 그림자
운명처럼


닫힌 문 뒤에서 들려오는 발소리. 무럭무럭 자라

나 작은 침실에 갇힐, 엇갈린 손마디가 바람을 휘젓는다. 나는 공포의 얼굴을 아이의 두 눈 속에 새긴다. 검은 낙인. 처음 상자가 온 날 발톱을 깎아주던 엄마의 차가운 손. 떠나지 않고 내 몸을 떠도는 온도.

    납이 끓어오르는 냄새
    연약한 목덜미를 움켜쥔다
    엄마의 질 속으로
    돌아가고 싶어

    (파란 빛 속으로 수장되는
    작은 머리통)

    모든 일이 상자로부터 시작됐어. 균형과 추락에 대한 아주 오래된 메타포. 브라운관 속 클로즈업된 검은 눈동자 속 반사된 얼굴. 상자 속에 작은 몸을 눕힌다. 쉽게 차가워질 수 있는 작은 몸을 질투하며. 사지를 늘어뜨린 파란 빛. 너를 내 질 속으로 숨겨줄게. 그 누구에게도 발각될 수 없게.

비좁은 빛의 터널
나의 잊힌 창

# 가장 죽은 이상하고 아픈

길 끝에는 파란 문이 있다
파란 문은 눈동자, 눈동자 속에는
공유할 수 없는 꿈

너는 모른다
너는 가장 긴 밤이 흔들릴 때를
한쪽 얼굴을 지운 채
사라지는 짐승을
차가운 빗방울이 짧게 빛나는 순간을
모른다

너무 일찍 죽어서

비스듬히 열린 문으로
길이 접혀 들어간다
묘목이 가로등이 밤새도록 밝던 창이
빨려 들어간다

절벽은 가파르고 태양 아래 두 뺨은 뜨겁다
너는 날개를 펼쳐 멀다
투명한 양팔이 부서진다
천 개의 팔이 천 번 부서진다

빗속에서 빗속으로 비가 다시 비를 덮칠 때
세계는 치켜뜬 눈동자다

해가 뜨지 않는다
네가 나를 부르지 않는다
활짝 펼친 손이 어둠 속에서 흩어진다
표정이 없는 얼굴, 낯설고 차가운 얼굴

전부 사라지고 말아서
두 발은 가장 멀다
가속을 이해할 수 없다

# 파델의 숟가락

눈물
이 조각은 크지도 작지도 않은 타원의 무기물

이상한 사주로 태어난

새로 찾은 손은 금이 많다
큰 소리로 말하면 돌아오는 다른 소리
누적된 수은이 단숨에 엎질러진다

편지를 기다리다 죽은 우체부에 관한 짧은 소설
주저앉은 코끼리를 일으키는 방법에 관한 긴 소설

말이 생겨나기 전

가장 아름다운 형식으로 웃는다
예쁜 괴물
단발머리 애인들

횡단보도의 하얀 금이 흐려지는 것처럼
손과 발이 멈춘 곳에서
움직이기 시작하는
지느러미처럼

모든 잊힌 말들, 산란
얇은 빛은
두 눈을 감긴다

그림을 보는 자는 그림의 바깥에 있다

뜯지 않은 선물 상자 속에는
호흡이 있다

새처럼

뜯기는 방식의 눈물

# 뼈와 그림자

순록들은 고개를 끄덕이며 설원을 건넌다
한 줄기 파란 빛이 나를 관통한다

뼈에 가깝게
피부 속을 떠도는

십이월에는 병이 들고
섬은 내 혈관을 떠나

뿔과 턱뼈 눈을 키우는 커다란 손

밀폐된 병 속에서 흔들리는 검은 액체
나는 더 조용해지고 싶어

불쑥불쑥 솟아나는
귓바퀴를 돌아 나가는
여기, 여기

나는 땅속

피와 살을 잃어가


검지를 입 위에 올려놓은 채 눈 감은 풍경


푸른 장막 진동을 끌어안은

얼어붙은 살점 구불거리는 섬


빛 너머에서 온 돌림병

한 단어를 끝없이 중얼대며 가라앉는 태양


털어내는 호흡 순록들

# 비신비

*

처음 보는 얼굴, 기울어진 얼굴, 입을 꾹 다문 사람의 눈빛, 창밖으로 흔들리는 손가락 열 개. 이 지역에서는 서로 눈을 마주치는 것이 예의입니다. 자, 고개를 드세요.

정말 멀리 왔구나 하고 깨달은 건, 녹색불의 중절모를 봤을 때는 아니다. 발음할 수 없는 이름의 요리를 시켰는데 익숙한 맛이 날 때는 아니다. 어제 갔던 길을 오늘 천 번 걸은 것처럼 찾아냈을 때는 아니다.

*

말하려고 했다. 세계나 인간 같은 것.

한 편의 시가 하나의 얼굴이라면. 모두 눈 코 입을

가졌는데 얼굴마다 생김새가 다른 것처럼. 가만히 들
여다보고 있으면 떠오르는 상이 있다면.

　네 얼굴은 갈가리 찢겨 있어.
　눈과 코와 입이 전부 따로 놀아.

　지구 반대편에서 눈 내리는 소리가 귓속을 맴돈다.

*

　나는 이 지역의 모든 것이 낯익다. 만난 적 없는
형제처럼. 밤중 옆집에 불이 났고 건조한 탓에 불길
은 쉽게 잡히지 않았다. 남자는 누워서 담배를 피웠
다고 했다. 나는 창문으로 문틈으로 지붕 위로 연기
가 솟구치는 것을 지켜봤다.

　나는 왜 늘 너의 다음인가. 꼭 쥔 주먹에 땀이 맺
혔다. 솔직한 것은 사람을 우습게 만들기 때문에. 오

해는 산산이 부서진 얼굴의 형상을 하고 있었다.

저길 좀 봐. 개가 죽은 개를 끌고 가고 있어.

낯선 천장을 올려다보며, 아주 오래도록 생각했던 것에 대해 다시 생각해본다. 아무렴, 이제 더 이상은 빛과 숲에 대해 이야기하지 말아야겠다고 다짐했다. 커다란 사각형은 무중력 속에서 떠오르고 있었다.

*

길 끝에서 뚱보가 흰 티셔츠를 입고 펩시를 마시고 있었어. 멀리서 봤을 때 난 그가 천사인 줄 알았지. 콜라를 마시는 천사. 그가 콜라를 바닥에 떨어뜨렸을 때 병은 산산조각 나고 하얀 옷이 갈색 얼룩으로 물들었어. 오 마이 갓.

나는 캐리어를 끌고 횡단보도를 건넜어. 나는 찾

고 있었어. 누워서 담배를 피우지 않는 이웃과 새하얀 침대. 머리맡에 작은 초를 올려놓고 싶었어.

어리석은 사람들이 기도를 소원 빌기라고 착각하는 동안. 나도 거기 섞여 함께 기도를 했어. 나는 내 어리석음을 의심하지도 않았어. 몇 번이나 몇 번이나 아무나 붙잡고 눈먼 나무에 대해 함부로 말했어. 네 옆자리에 앉아, 화단과 집과 깨끗한 계단과 유리 그릇들에 감탄을 하며. 원피스를 끌어내려 무릎을 감췄어.

왜 어떤 말들은 돌아선 뒤에만 떠오르는 걸까. 너는 군대에 간 여자친구 얘길 하며 울었어. 나는 너의 애정에 감탄하며 머리를 묶었다 풀고 묶었다 풀고 다시 머리를 묶으려 했지. 그때 너는 내 손목을 쥐며 말했지. 이제 돌아가는 게 좋겠다고.

*

아직 얼굴에 대해 이야기를 꺼내지도 않았는데. 해가 지고 모두가 침실로 돌아가 문을 닫아버렸어. 모두가 깨어 있는데. 창 뒤에 커튼 뒤에 숨어 모르는 말을 주고받고 있는데. 나는 빛, 나는 숲에 대해 생각했어. 다른 생각을 할 수가 없었어. 어깨를 움켜쥐고 당신이 물었던 것을.

한 곡의 노래가 시작하고 한 곡의 노래가 끝나는 동안 다시 한 곡의 동일한 노래가 시작하고 다시 한 곡의 동일한 노래가 끝나는 동안 그런 반복이 끝없이, 왼쪽 귀에서 오른쪽 귀로. 가느다란 철사가 되어 관통하는 동안. 걷고 걷고 걸었어. 나는 어디로 가야 해?

*

나는 말한 적 없어. 세계도 인간도. 시도. 눈 코 입도. 얼굴도. 있었던 적도 없어. 그게 무서웠어. 무서워서 알아채고 싶지 않았어.

길 끝을 돌면 다른 세계가 시작될 거라고 믿으면서 오래오래 걸었어. 물론 아무것도 없었지.

도로변의 작은 여관으로 갔어. 밤새 차들의 불빛이 천장을 훑으며 지나갔어. 자고 일어나면 엄청난 뚱보가 됐으면. 엄청나게 뚱뚱해졌으면.

빛들은 종종 얼굴처럼 보였어.

금지된 것들에 대해 생각했어. 그걸 다 적었어. 무릎을 꿇고 네 운동화 끈을 묶던 오후가 떠올랐어. 올려다봤던 네 얼굴은 그림자에 가려 보이지 않았어. 슬퍼서 아무것도 할 수가 없었어. 이 낯선 모든 것이. 나 혼자 이렇게 멀리. 운동화 끈 같은 것 때문에 엉엉 울고 있다는 것.

빛들은 찢어발긴 얼굴인 것 같았어.

입술은 열리지 않았어.

멀리서 숨죽이고 빛을 훔쳐보는 빛.

그리고 눈 코 입 그리고 눈 코 입.

아무것도 배반하고자 한 적 없으나 모든 것을 배반한 자. 모서리 끝에서 죽은 자들이 아주 천천히 그림자를 끌고 천장을 건넜다. 그들의 옷자락에서 새우깡 냄새가 났다. 그 얼굴들이 한꺼번에 고개를 돌리면 어쩌지, 나는 꼭 눈을 감았다.

눈 속에는 뒤돌아보는 나. 민둥 얼굴을 하고 표정 없이 말없이.

푸른 얼굴이 부풀어 오른다.
빛 속에서.
빛 속에서.

# 비신비

눈이 내린다 눈이 내린다 눈이 내린다 너는 비스듬히 서서 눈을 본다 네 눈동자 속에서 눈이 내린다 파랗게 눈이 내린다 파란 눈이 네 눈동자 속을 흐른다 너는 본다 눈 내리는 리듬 속에서 길 잃은 색을 본다 길 잃은 빛을 본다 너는 골똘하다 눈 속에서 눈이 멀다

이건 네가 나오지 않는 너에 대한 영화다 이건 네가 버린 것들에 대한 페이크다큐다 이 영화에서는 언어가 사용되지 않는다 이 영화에는 어떠한 몸짓도 없다 이 영화는 아무 소품도 쓰이지 않으며 이 영화에는 등장인물이 없다 우리는 한 시간 사십 분 내내 클로즈업된 한쪽 눈만을 마주할 수 있을 뿐이다

너는 너에 대해 말하기를 즐긴다 그 이야기 속 너는 자주 여행을 하고 모험을 즐긴다 너는 작은 방에 누워 천장을 올려다보았다 너는 천장을 보며 천장을 본다는 것에 대해 생각하지 않는다 너는 천장을 향

해 열린 사물이 된다

충분한 소리가 충분한 소리 이상을 만드는 것은
아니기 때문에 눈이 내릴 때도 눈이 녹을 때도 눈은
눈으로 존재하지 않는다

나는 가장 이상한 것에서부터 시작하려고 했어
고백할 수 없는 시월에 대해
눈 이전의 계절에 대해
스스로를 알 수 없는 스스로에 대해
가장 불가해한 것에 도달하고 싶었어

눈이 내린다 눈이 눈이 내린다 눈이 내린다 머리
위로 어깨 위로 손바닥으로 굽은 등 위로 눈이 내린
다 눈이 내린다고 누군가 말하지 않아도 눈은 내리
니까 눈은 모든 것과 무관하니까

빛나는 눈자리는 구멍들 번뜩이는 구멍들 허공에

서 흔들린다 이 계절의 가장 깊은 곳에서 벌컥 구멍들 이어 붙일 수 없는 말이 되어 눈처럼 눈에 대해 말하는 눈이 없는 것처럼 눈의 간격처럼 배경도 정황도 없이 흘러가는 영화처럼

　끝장난 다음 자리를 벗어날 수 없었다 끝장난 자리를 맴돌며 흩날린다 눈, 눈이라고 주머니 속의 차가운 동전을 만지며 내린다 내린다고 네 눈동자 속이라고

　처음부터 예감만으로 존재하는 것 확인할 수 없는 물질에 대한 것 넘어서는 지점에서 거꾸로 다시 시작되는 것 이전과 같이 이후 없는 것 오로지 믿음 안에서만 감각으로 실현되는 것 이것을 눈이 내린다고 말한다

　왜 그런 생각을 하게 되었을까 아주 먼 동시에 벗겨낼 수 없는 것 완고한 사람의 비밀처럼 꾹꾹 눈을

밟을 때 너를 앞에 두고 네 이름을 부를 때 네 눈을
들여다보며 눈이 온다고 말할 때

# 박쥐

긴 꼬리 구둣발 소리 미간을 찌푸린 오월의 빛 친하게 지내자 꽃봉오리를 쥐어뜯는 왼손 끈적이는 보도블록 슬로 다운 슬로 다운

벗겨지지 않는 피냄새, 굳게 입을 다문 밤의 냄새가 난다 길 끝에서 두 남자는 주먹질을 하고, 코끝에 손가락을 대고 냄새를 맡으며 냄새는 어디로부터 오는가

육교 아래서 비를 피하며 물 뜯는 소리를 듣지 차는 멈추고 차창을 내린 하얀 얼굴의 남자는 묻지 찢긴 입술을 찾아줄까? 묻지 떨고 있는 오월의 난간을 붙들고 가방끈을 꽉 붙들고 고개를 숙이지

슬로 다운 아버지처럼 웃는 밤거리의 남자들, 뒤집힌 괴물들 세상에서 가장 뻔한 노래를 부르지 슬로 다운 차창을 내린 얼굴처럼

발톱 오늘 밤의 발톱 셔터가 내려진 꽃집 앞 화분
들 발톱에 걸린 긴 소매들 병뚜껑을 모으는 취미 출
처가 불분명한 다리의 멍들 뭉개진 꽃잎은 손안에서
끝없이 끈적이고 있지 슬로 다운

# 도움의 돌

우리는 모든 쓸모없는 것들에 대해 생각하기로 생각을 한다. 시장 앞 골목에 서서 고등어와 갈치 매달려 있는 돼지의 몸통과 잘린 머리를 본다. 차곡히 쌓여 있는 백합향 비누와 반쯤 돌아선 여배우의 얼굴이 늘어선 샴푸를 본다. 이것은 아무것도 아니다. 오토바이가 지나가고 포터 트럭이 시동을 건다. 나는 너무 느린 스스로를 원망하지만 이것은 애초에 어떤 흐름이 아니다.

어떤 사람들은 수간이나 미러볼 혹은 죽음과 사랑을 소재로 삼았다. 특별한 것 센 것이 근원에 가까이 갈 수 있는 통로가 될 것 같았다. 나도 그랬다. 실종된 형제에 대해 쓰고 폭력과 근친에 대해 썼다. 수치스럽고 즐거웠다. 파란 트럭의 속력처럼. 마침내 불을 밝힌 가로등 아래 연인들의 포개진 어깨처럼. 거대한 것 또한 아무것도 아니므로. 사랑한다고 죽어버리라고 했다.

강바닥에는 무엇이 있을까. 나는 찢어진 타이어 속을 오가는 민물고기나 오래전에 투신해 앙상해진 몸을 생각했다. 이제 우리는 세 번씩 반복해서 말해야만 하고 그것은 의미 없는 일이지만 중요하다. 잘린 머리들은 모두 다른 표정이라서 끔찍하고 남의 글을 훔쳐볼 때 쉽게 느끼곤 하는 자괴처럼 단순하다. 나는 바람이 부는 방향에 따라 흔들리는 긴 머리카락, 뼈에서 유추할 수 없는 원래의 모습, 마지막 목소리 같은 것에 몰두해야만 한다.

혼종에 대해 말하거나 쓰는 것 그런 담론 속으로 이끌려가는 것은 어려운 것이 아니다. 그러나 혼종은 없으므로. 우리는 혼종에 대한 혼종, 일종의 갈망에 대해 말하려고 하는 것 같다. 아무도 그렇게 생각하지는 않겠지만 이것은 사라진 마을에 대한 복기이고, 그 마을의 나무 아래 있던 돌에 대한 나의 생각이다. 이것은 아무것도 아니다. 돌은 어디에나 있고 우리는 그것을 안다.

# 소진된 우리

조 연 정

## 즉흥시

성급한 선입견일 수 있지만 최근의 젊은 시인들은 호
흡이 긴 시를 그다지 선호하지 않는 듯하다. 매혹적인 장
시가 일종의 유행처럼 시단에 흔했던 2000년대 중후반
을 떠올려보면, 간결하고 정돈된 이미지를 요령 있게 배
치하거나 많은 것을 드러내지 않고 숨기는 식으로 시의
호흡을 조절하는 최근 젊은 시인들의 시 경향을 특정 세
대의 징후로 읽을 수도 있을 것이다. 역시나 성급한 선입
견이 되겠지만 한국 시단의 역사를 돌이켜볼 때 장시는
주로 남성 시인들의 전유물이었다고도 할 수 있다. 가까
운 과거에 황병승이나 김경주 같은 시인들이 어떤 극적
인 정황을 화려하게 재현하는 두툼한 장시를 써낼 때에

210

도 김행숙, 신해욱 같은 시인들은 정돈된 이미지를 통해 시의 내적 리듬이나 조화를 마련하는 데 더 많은 흥미를 느꼈다는 사실도 참조할 수 있다. 물론, 이와 같은 선입견을 무색하게 만들 만한 반례들은 일부러 찾지 않아도 무수히 많을 것이고, 게다가 이러한 경향성에 대한 해석은 언제나 폭력적 오독으로 남기 마련이지만, 그럼에도 불구하고, 백은선의 시를 읽다 보면 이러한 선입견들에 자꾸만 기대고 싶은 생각이 드는 것은 사실이다. 백은선 시의 독특함은 바로 시의 호흡이 길다는 점에서 일차적으로 찾아지기 때문이다. 장시가 그녀의 특장이 되는 셈이다. 『가능세계』를 펼치면 한 편이 무려 열 페이지에 육박하는 시들을 수시로 만나게 된다. 이처럼 긴 호흡으로 백은선은 무엇을 말하고 싶었던 것일까.

그런데 보통의 경우와 달리 백은선의 장시에는 어떤 극적인 정황이 친절히 소개되는 일도, 시인의 날것 그대로의 고백들이 빼곡히 진술되는 일도 드물다. 마치 수수께끼처럼 백은선의 시는 화자만이 알 수 있는 특정한 정황 속의 단편적 이미지들과 그러한 정황이 환기하는 정서들을 마구 뒤섞어 무질서하게 토해놓고 있다. 한 편의 시 안에 놓인 마구잡이의 이미지들을 잘 정돈해 보여주려는 시인의 의지를 좀처럼 찾기 힘들다. 아니, 설혹 시인에게 그러한 의지가 있다 하더라도 시를 읽는 독자에게 쉽게 전달되지는 않는다. 한마디로 백은선은 독자를 좀

곤란하게 만드는 시를 쓰고 있다고 해야 할 것이다.

그래서일까. 그녀의 시를 읽다 보면 모든 시들이 어느 정도는 즉흥적으로 씌어지고 있다는 생각마저 들게 된다. 재현할 명백한 대상을 애초에 갖지 않은 시, 시를 쓴 시인조차 무엇을 쓴 것인지 알아채기 힘든 시, 결국 절대 똑같이 반복해 쓸 수 없는 시를 쓰고 있는 듯하다. 시가 난해해지는 경우 대부분, 많은 것을 숨기려는 시인의 (무)의식적 욕망에서 그 원인을 찾을 수 있을 텐데, 백은선의 시에서는 시인의 그러한 철저한 계산이 쉽게 짐작되지 않는다. 그런 점에서 백은선의 시는 본질적으로 시적이다. 이는 서로 독립적인 듯 보이는 백은선 시의 다양한 이미지들과 관련이 있다. 이미지에서 중요한 것은 초라한 내용이 아니라 이미지가 포획하고 있는 폭발 직전의 강렬한 에너지라는 들뢰즈의 말(질 들뢰즈, 『소진된 인간』, 이정하 옮김, 문학과지성사, 2013, p. 43)을 상기해보자. "이미지는 그 농축된 에너지의 폭발, 연소, 소멸과 하나"가 되어 결코 오래 지속되는 법이 없다는 사실을 참조한다면 백은선의 길고 긴 시들이 마치 즉흥적으로 씌어진 것처럼 읽히기도 하는 것은 이미지들의 이 같은 본질적 휘발성과 관련이 있는 것이다.

시의 한 구절을 빌리자면 "갈겨쓰"고 있는 시라고 해야 할까. "나는 모른다네"라는 문장으로 시작되는 이 시집의 첫 시 「어려운 일들」을 읽으면 백은선의 이러한 시작 과정이 조금은 짐작되기도 한다.

　나는 모른다네

　창밖을
　너구리를
　개와 고양이의 꼬리 사용법을
　장미꽃이 가장 간지러운 순간을
　예수의 손바닥에 박힌 못의 크기를
　당신의 혀에 돋은 새빨간 돌기의 감촉을
　여름에 어울리는 머리색을
　열매가 부풀어 오르는 아픔을
　지금의 바람과 내가 몇 번째 대면하고 있는지를
　허기가 나에게 주는 기쁨과 슬픔을

　창밖에서
　권투 선수는 비명을 지르며 자신의 얼굴을 내려치네
　빗나간 훅

　설령, 설령
　디근의 마음으로
　당신은 나를 함부로 이해하네
　나의 긴 갈색머리

웃고 있는 칠월의 책상에 걸터앉아

갈겨쓰네

갈겨쓰고 있네

디귿, 디귿, 디귿이라고


함부르크로

떠나는 배를 향해 손을 흔드는

아이들처럼

찍찍찍

세상이 내 것인 것처럼

갈겨쓰네

—「어려운 일들」 부분


   첫 시집의 첫 시가 "나는 모른다네"라는 문장으로 시
작되고 있다는 사실은 예사롭게 넘길 일은 아니다. 그렇
다면 '나'는 무엇을 모르는가. 2연에서 나열된 목적어들
은 서로 어떤 연관을 지닌 이미지들이라고 보기는 힘들
다. 그 목적어들 사이의 유사성을 임의로라도 찾아내는
일은 쉽지 않으니, 화자인 '내'가 모르는 것은 그저 모든
것이라고 말할 수도 있다. '나'는 아무것도 모른 채로 무
언가를 "갈겨쓰고" 있을 뿐이다. 특정한 의미를 발생시
키는 무언가를 적고 있는 것이 아니라, 그저 "디귿"을, 즉
의미 없는 형상을 그려대고 있을 뿐이다. 아이들이 "찍찍

찍” 빈 종이를 채우듯이, 어떤 일에 몰두할 때의 우리가 흔히 빈 종이를 의미 없는 낙서로 채우듯이, 그렇게 말이다. 무엇을 쓰는지 스스로도 모르는 채로 그저 써 내려갈 수밖에 없는 “긴 갈색머리”의 ‘나’는 시인 백은선의 자화상으로 볼 수 있지 않을까. 백은선의 시는 이처럼 그저 즉흥적으로 반복적으로 무언가를 써낸 결과물이라고 할 수 있지 않을까. 인용된 부분에서 보듯 “함부로”라는 부사가 “함부르크”라는 명사로, 인용되지 않은 부분에서 “모르지만”이라는 동사가 “모르핀”이라는 명사로, 그리고 “디근”이 “다리”로 자연스럽게 이어지는 장면을 볼 때 백은선의 시에서는 세심하게 조직된 의미의 연관보다는 자동적이고 즉흥적인 연상들이 우세하다는 생각이 드는 것이다. 그렇다면 다소 강박적으로 보이는 이 갈색머리의 ‘나’는 왜 무언가를 “갈겨쓰”지 않을 수 없는 것일까. ‘나’는 어떤 생각에 얽매여 있음이 틀림없다.

옆집 오빠는 키가 작지만
여러 가지 표정을 가졌고
나를 볼 때마다 미소를 짓네
캄캄한 주머니 속
그의 그림자
자꾸만 길어지는 그림자
디근의 심정으로

난간에 기대
화단에 핀 장미를 내려다보며
우리는 인사를 나누네

그와의 대면이 몇 번째인지
모르지만
모르핀의 투명함
분침이 툭 하고 내려앉는 순간을 목격하는 것
나는 배고파요

주머니 속의 주머니
주머니 속으로 삼켜지는 주머니
주머니와 주머니들만의 어둠
인사처럼 텅 빈
권투 선수의 꽉 쥔 주먹
부풀어 오르는 손톱자국

나는 가장 단순한 사람의 얼굴로
오빠를 바라보았네
턱을 괸 채 킬킬대는 칠월의 꽃들
너구리가 디근을 물고 골목 끝을 향해
달려가고 있었네

—「어려운 일들」부분

두 부분으로 나뉜 이 시의 후반부를 읽다 보면 어떤 단서가 발견되기는 한다.「어려운 일들」에는 긴 갈색머리를 드리우고 책상에 걸터앉아 무언가를 갈겨쓰고 있는 '나' 이외에도 흥미로운 인물이 두 명 더 등장하는데, 바로 비명을 지르며 자신의 얼굴을 내리치는 권투 선수와 옆집 오빠이다. '내'가 무언가를 강박적으로 갈겨쓸 수밖에 없는 것은, 즉 "디근의 심정"이라고 명명되는 그 이유는 옆집 오빠와 관련이 있어 보이기는 한다. 하지만 인용된 부분을 세심히 읽어보아도 소녀 시절의 '나'와 옆집 오빠에게 어떤 사연이 있었는지는 쉽게 짐작되지 않는다. 옆집 오빠가 "나를 볼 때마다 미소를 짓"고 있었다는 것, 그와의 인상적인 기억은 장미꽃이 피는 여름 안에 있다는 것 정도이다. 그러나 그 기억이 '나'에게 아련하고 행복한 것으로 남아 있는 것 같지는 않다. 심지어 그 기억 속에서 "칠월의 꽃들"은 "턱을 괸 채 킬킬대"며 '나'를 비웃고 있었다고 느낄 정도이다. 어둠과 허기를 동반하는 그 기억은, "자꾸만 길어지는 그림자" "주머니 속의 주머니"처럼, '나'를 얽매고 있다. 옆집 오빠에 대한 떨쳐낼 수 없는 잔상들 속에서 '나'는 제 손바닥에 손톱자국을 내고 있는 주먹을 꽉 쥔 권투 선수가 되어 있다. 그 주먹이 자신의 얼굴을 향하는 헛손질이 되는 것을 볼 때, '나'는 알 수 없는 증오와 끔찍한 자책이 범벅된 심정 속에서 무언가를 갈겨쓰고 있다는 사실이 어렴풋이 드러나는 것이다.

이렇게 시의 마지막 부분까지 읽고 나면, 이 시의 두번째 연에서 "나는 모른다네"의 목적어들로 나열되었던 무질서한 이미지들이 실은 저 여름날의 어떤 기억과 관련되어 있다는 사실을 감지하게 된다. "간지러운 순간" "여러 가지 체위" '혀의 감촉' "부풀어 오르는 아픔" 등의 감각적인 구절에서는 어떤 육체적 행위가 환기되기도 한다. 그러한 감각들과 더불어 기쁨, 슬픔, 무지, 자책, 고통 등의 무정형의 감정들, 그리고 이 모든 것을 아우르는 "허기"가 백은선 시의 동력일지 모른다는 사실을 이 첫 시를 통해 짐작하게 된다.

해설의 서두에서부터 결코 짧지 않은 시를 이처럼 길게 읽어본 이유는 「어려운 일들」을 통해 백은선 시의 전모가 어느 정도는 파악된다고 생각했기 때문이다. 몇 가지로 간추려보자. 첫째, 그녀의 시에서는 어떤 명백한 정황이 드러나지 않는다. "물속"이라는 무중력의 공간이나 "숲"이라는 무정형의 공간이 시의 배경으로 등장하는 경우가 많으며 그 공간 속에서 "침묵에 가까운 숨소리"(「유리도시」)만이 들릴 듯 말 듯하다. 대체로 백은선의 시는 알 수 없는 정황 속의 모호한 감각들을 전달하는 데 주력하는 듯하다. 둘째, 이때 환기되는 감정들은 대개 슬픔을 동반한 고통이라 할 수 있으며 많은 경우 그러한 감정들은 자학과 가학의 상태를 교차시키는 방식으로 드러난다. 추락, 투신, 자살을 암시하는 장면들도 종종 등장하며 이러한 행위들은 대체로 사랑의 과정과 결과인 경우가 많다. 셋째, 백은선의 시에는 유독 '우리'라는 대명사가 많이 등장한다. 그 '우리'는 사랑을 나누는 연인이기도 하며, 무언가 쓰는 작업을 함께하는 공동체이기도 하다. 중요한 사실은 그 '우리'들이 모두 일종의 파국적 상태에 놓여 있다는 점, 심지어 파국을 지향하고 있다는 점이다. '우리'는 함께 끝장나고 있는 중이다.

백은선의 첫 시집 『가능세계』에는 무엇이든 가능한 즐겁고 경쾌한 세계가 펼쳐지는 일이 결코 없다. 절망과 파국만이 남은 세계에서 오히려 모든 것은 불가능해 보인다. 시인은 어쩌다 이 같은 세계에 당도하게 된 것일까. 성급한 추측을 유보한 채 일단 그 세계 속으로 잠시 한 발을 들여놓아보자. 한 발 담그면 슬픔의 긴 머리채에 휩쓸려 바로 깊은 물속으로 가라앉아버릴 것만 같은 그곳, "몸속을 날던 새 떼가 한꺼번에 추락"(「질문과 대답」, p. 109)하는 것만 같은 느낌이 드는 그곳, 그 어둡고 막막한 세계 속으로.


## 정사(情死), 서로를 죽이는 사랑

그 세계 안에도 사랑은 있다. 과연 어떤 사랑이 가능

할까. "사랑에 관한 비유들로 낱말 놀이를" 해보는 커플이 등장하는 「밤과 낮이라고 두 번 말하지」를 통해 백은선 세계의 사랑이 어떤 모습일지 유추해보자. 장시 중에서도 꽤 긴 편에 속하는 이 시에는 단서조항이 붙어 있다. 이 시는 한 소녀의 일기다. 그 소녀는 3차 세계대전으로 핵이 터진 후 남겨진 사람들과 함께 자신이 공동 셸터에 살고 있다고 믿고 있다. 셸터 밖은 이미 폐허이며 먹을 것과 땔감을 구하지 못한다면 셸터 안도 곧 폐허가 될 것이다. 밖은 온전한 지옥이며 안은 불안의 지옥인 셈이다. 소녀의 일기에 그려진 공동 셸터의 풍경에서 가장 인상적인 것은 방 한가운데에 놓여 있는 철창이다. 그 안에는 사냥꾼이 잡아 온 두 아이가 제물처럼 갇혀 있다. '나'와 '너'는 마주 앉은 채로 철창 안의 "두 아이가 미친 듯이 서로를 두들겨 패는 모습을" 지켜보고 있다. '우리'는 "우리가 서로를 죽이기 전에/너희가 서로를 죽이기를" 바라며 메말라가는 두 아이를 옴짝달싹할 수 없는 채로 지켜볼 수밖에 없다. 마침내는 생존을 위해 "모두 서로 배반할 것"이라는 사실이 확실한 상황 속에서 불안하게 견뎌내고 있는 것이다. 이처럼 결코 빠져나갈 틈이 없는 악무한의 상황 속에서 '나'는 자꾸만 사랑에 관해 말한다. 결국 백은선은 뒤로 갈 수도 앞으로 나아갈 수도 없이 그저 그 자리에서 "발악"하고 있는 것이 사랑이라고 말하고 싶은 것일지도 모른다.

220

우리는 사랑에 관한 비유들로 낱말 놀이를 하기로 했어

너는 치즈, 소금, 얼음이라고 말했어

나는 입이 없는 것처럼

조용히 웃었어

왜 사라진 것들뿐이니

구름, 바람, 비라고 내가 대답했어

그렇다면 도처에 사랑이 있겠네

빈정대며 네가 말했지

나는 끝까지 말하지 않았어
우리라고
                    ──「밤과 낮이라고 두 번 말하지」 부분

　'너'는 사랑이 "치즈, 소금, 얼음"처럼 더 이상 존재하
지 않는 것이라 말해보고, '나'는 사랑이 "구름, 바람, 비"

처럼 도처에 존재하는 것이라고 말해본다. 하지만 '내'가 생각하는 진짜 사랑은 다름 아닌 바로 "우리"이다. 사랑은 어떤 비유를 통해 명명될 수 있는 것이 아니라, '나'와 '네'가 놓여 있는 상황 그 자체인 것이다. 사랑은 비유가 불가능하며 오로지 구체적이고 단독적일 뿐이라고 말하고 싶은 것일까. 「밤과 낮이라고 두 번 말하지」는 한 소녀의 망상을 기록하며 어떤 사랑의 풍경을 재현한다. 서로가 서로를 죽이지 못해 미친 듯이 두들겨 패는 모습을 마치 자신들의 모습인 양 마주 보아야 하는 것, "네가 나를 죽이는 꿈을" 꾸는 일, "서로의 꿈에서 등을 돌"리는 일, 백은선이 생각하는 사랑은 이처럼 절망적이다. 그러나 마치 우리 안에 갇힌 아이들처럼 스스로의 힘으로 그곳을 빠져나오기는 쉽지 않다. 사랑에 대한 이러한 묘사가 백은선만의 독특한 정념의 소산이라고는 볼 수 없을 것이다. 하지만 이러한 정념이 왜, 어떻게 발생했는지 궁금해지기는 하는 것이다.

백은선의 시에서 사랑은 결코 존재의 피난처가 되지 못한다. 낭만적 위안을 안겨주거나 욕망의 조화로운 교환을 가능하게 하지도 못한다. 사랑의 고통이 존재의 확장이나 윤리적 도약을 위한 사건으로 승화될 여지도 많지는 않아 보인다. 죽어서야 그곳을 빠져나올 수 있는 철창 안에 갇힌 듯, 백은선 시에서 묘사되는 사랑은 그저 상대를 한없이 소진시키는 처참한 일상으로 그려진다. 서로가 서로에게 할 수 있는 일이란 자신의 고통을 보란 듯 전시하거나, 함께 끝장을 보는 일뿐인 듯하다.

그래서일까. 앞서도 잠깐 언급했듯 백은선의 시에는 자해의 모티프가 많이 등장한다. '절벽' '추락' '물속'과 같은 표현들이 흔히 사용되면서 투신의 장면을 상상하게 끔 하며, 구급차, 사이렌, 링거액이 난무하는 「유리도시」 같은 시도 비슷한 상상을 이끌어낸다. 가령 「병원 손님 의자 테이블」에서는 자신을 훼손시키며 상대를 고통스럽게 만드는 화자가 등장한다. "나는 물속에 칼을 떨어뜨렸다고 썼지요.//나는 병원 침대에 누웠지요"라는 구절은 자해를 시도한 '내'가 누워 있는 병실을 떠올리게 한다. '나'와 '당신'에게 어떤 일이 있었을지 구체적 사정은 드러나지 않지만 제목에서도 환기되는바 병원에 누운 '내'가 '당신'의 병문안을 받고 있는 정황은 비교적 분명하게 포착된다. "병원 손님 의자 테이블"이라는 구절이 반복되는 가운데 그 구절들은 다음과 같은 문장들을 동반한다. "당신은 여기 앉으세요." "당신의 똑똑함을 증오하고." "당신은 여기 앉아요.//앉아서 차가운 것들을 만져보세요." "이 모든 건 당신이 선택한 일이야." "당신이 앉지도 서지도 못하고 울음을 터뜨리는 동안." 그러니까 화자의 심리는 비교적 단순하다. 나는 고통받았고 그것은 당신의 탓이며 그러니 나의 훼손 앞에서 당신은 끔찍한 자책감을 느껴야 한다는 것, 나는 나를 파괴하면서까지 너를 파괴하겠다는 것. 이러한 정황들이 상상 속 사태일지언정 '내'가 겪고 있는 고통의 정도를 매우 강렬하게 드러내고 있음은 사실이다. 단추를 쥐고 깜빡이는 신호등 앞에 서 있다가 결국 단추를 뜯어내고야 마는「명륜동 성당」의 '나'에게서도 옷에 달린 단추를 떼어낼 악력만큼의 응축된 분노와 인내의 정념이 느껴지기도 한다.

　사랑은 왜 이토록 끔찍한, 발악에 가까운 것이 되었을까. 강도의 차이는 있겠지만 일상의 우리가 이러한 고통을 모를 리 없다. 사랑 안에서 우리는 쉽사리 괴물이 되기도 하니까. 그런데 이처럼 피학과 자학, 그리고 가학을 오가며 사랑의 정념을 묘사하는 백은선의 시에서 사실 피해자와 가해자의 경계는 분명하지 않다. 훼손된 여성성, 고통받는 여성성을 집요하게 전시함으로써, 즉 스스로를 끔찍하게 파괴함으로써 외적 폭력을 고발하는 것이 여성시의 한 전형임을 생각할 때 백은선의 시가 그처럼 익숙한 전선을 구축하는 듯 보이지는 않기 때문이다. 마치 "중력의 바깥"(「변성」), 침묵의 공간 속에서 '떠오르는 느낌'과 '가라앉는 느낌'(「밤과 낮이라고 두 번 말하지」)을 오가며 현실에 대한 실감 없이 부유하는 기분으로 살아가고 있는 듯한 백은선 시의 화자는 고통의 구체적 사정을 드러내거나 고통의 근원지를 찾아가는 데 열심이지는 않다. 그보다는 "원인을 알 수 없는 것이 세상의 일이다"(「고백놀이」)라고 무심히 말해보는 편이다.

물론 여러 단서들이 독자의 눈에 포착되기는 한다. "여고생 때 일기를 펼치면, 선생님 널 죽여버릴 거야,라고 써 있다"라는 구절이 등장하는 「호텔 밀라파숨」이나, 엄마에게 등 떠밀려 "검은 남자의 아이를 낳"게 되었다고 말하는 「성스러운 피」, 새엄마에 대한 "나쁜" 기억이 등장하는 「야맹증」 같은 시를 읽으면, 과거 속 벗어날 수 없는 학대의 기억이 현재로까지 이어지는 고통의 근원지일지 모른다는 짐작이 들기는 한다. 백은선 시에서 흔히 목격되는 자해와 자학의 시도들은 오랜 기원을 갖고 있다고 말할 수 있는 것이다. 어리고 약한 소녀의 몸에 기입된 학대의 흔적과 지워지지 않는 '나쁜 기억'이라는 익숙한 서사는, 물론 백은선만의 고유한 것일 수는 없다.

백은선의 시가 우리를 강력하게 이끄는 지점은 그녀가 무심히 던져놓는 절망과 고통의 구체적인 기원과는 다소 무관할지 모른다. 이보다는 고통이 끝나지 않고 지속되고 있다는 사실이 일차적으로 중요한 듯하다. 어쩌면 우리는 그녀가 그려내는 비현실적이면서도 어딘지 모르게 익숙한 파국의 장면들과 "끝장"의 풍경들에, 그리고 그러한 풍경들이 자아내는 또 다른 실감에 이끌리고 있는 것이 아닐까. 그 원인을 따지기가 무색해져버렸을 정도로 파국의 기미가 이미 난무한 세계 속을 지금의 우리가 살아내고 있기 때문이 아닐까. 지속되는 절망의 실감으로 인해 역설적으로 절망에 둔감해졌으며 어떤 가능성도 불가능해 보이지만 진짜 끝장은 아직 유보된 세계 속을 우리는 살고 있지 않는가. 어떤 세대에게는 이러한 현재가 과거와의 시차 속에서 더 불행한 것으로 느껴질 수도 있겠지만 그들에게는 미래에 대한 일말의 희망이 과거에 대한 향수처럼 남아 있기는 할 것이다. 하지만 태생적으로 이러한 세계 속에 내던져진 어떤 세대에게 파국과 절망은 그저 아주 오래전부터 지속되어온 일상일 뿐이다.

다음 장에서 좀더 읽어보겠지만 백은선 시에 수시로 등장하는 "우리"라는 이름의 무리들이 자꾸만 "끝장났으면 좋겠다"(「가능세계」)라고 고백하는 것이 그들의 일상적 환멸을 강조하려는 수사적 표현일 수만은 없다. 이는 끝장 이후의 어떤 "가능세계"도 믿지 않지만, 무력한 현실세계를 온전히 견뎌낼 수 없는 그들의 '발악'에 가까운 외침일 것이다. 백은선은 결코 이미지 다발을 매끄럽게 연결하지도, 그로써 구체적인 정황을 연상시키지도 않는다. 이 고통의 시들에서 우리가 읽어내야 할 것은 '발악'의 현장성이 아닐까. 시집의 곳곳에서 청력을 상실한 듯 침묵의 분위기가 반복되는 것은 너무나 큰 절규가 온 사방을 뒤덮고 있기 때문일 수도 있다. 귀가 찢어질 듯한 엄청난 데시벨의 소음 속에서 오히려 우리는 아무것도 들을 수가 없으니까 말이다.

이러한 상황 속에서라면 사랑이라는 이름으로 대체 무

엇을 할 수 있을까. 아니 사랑은 어떻게 가능할 수 있을까. 삶에서 의지나 희망을 쉽게 찾을 수 없다면 사랑이라는 이름으로 할 수 있는 것이란, 「청혼」이라는 낭만적인 제목의 시에서 암시되는 정사(情死)처럼("달리는 차 안에서 남녀가 서로의 눈을 가리고 웃는다. 무중력을 아는 것처럼. 뒤집힌 어깨들이 예쁘다"), 진짜 끝장을 앞당기는 일뿐일지도 모르겠다. 대개의 사랑은 그저 순도 백 퍼센트의 슬픔으로만 존재하게 될 테지만.

　너랑 나는 화단에 앉아 사랑에 대해 이야기했다. 사람의 목소리를 녹음해서 틀고 그걸 다시 녹음하고 녹음한 걸 다시 틀고 다시 녹음하고 또 틀고 또 다시 녹음하고 이런 식의 과정을 계속해서 거치면 마지막에 남는 건 돌고래 울음소리 같은 어떤 음파뿐이래. 그래 그건 정말 사랑인 것 같다. 그걸로 시를 써야겠다. 그렇게 얘기하며 화단에 앉아 옥수수를 먹었다.
　[……]
　옥수수는 은박지에 싸여 있었다. 김밥인 줄 알았다. 그런데 옥수수였고 옥수수를 먹는 일은 사랑에 대해 이야기하는 것과 썩 잘 어울리니까. 그런데 거꾸로, 돌고래 울음을 녹음하고 틀고 녹음하기를 반복한다면 어떻게 될까. 그건 모른다. 모르지만 너무 슬플 것 같다.
　[……]

오늘은 너랑 소파에 앉아 시간이 길게 길게 늘어지다가
뒤집혀버리는 순간에 대해 이야기했다. 어쩔 때는 림보에
갇혀 있는 기분도 든다. 그치만 행복한 무엇이 무형의 뿔처
럼 조금씩 자란다. 나는 현상과 감정에 무연해지고 있다. 너
도 그렇다고 했다. 그 이후에 무엇을 쓸 수 있을지 생각한
다고. 나도 생각해야겠다고 속으로 다짐했다. 그 이후와 이
후에 씌어진 시와 그 시의 이후에서부터 다시 씌어진 이후
와…… 이것을 무수히 반복한 다음.

바다에서 떠내려온 닳고 반짝이는 유리조각을 주웠다.
사랑에 대해 말하고 싶다.

외계인이 있다고 생각했다.

―「사랑의 역사」 부분

"사랑"에 대해 이야기하고 있다는 '나'와 '너'는 사실
어떤 무한한 시간의 흐름에 대해 이야기하는 중이다. 사
람의 목소리가 돌고래의 울음소리처럼 들릴 때까지 녹음
과 재생을 무한히 반복하는 일, 거꾸로 돌고래 울음소리
의 녹음과 재생을 반복하는 일, 그리고 "그 이후"와 "그
이후"의 "이후"의 반복에 대해, "결국 시간이 길게 길게
늘어지다가 뒤집혀버리는 순간"에 대해. 그 무한한 시간
의 흐름을 상상하며 '너'와 '나'는 "림보"에 갇힌 것 같다

는 생각을 하게 된다. 시의 제목은 "사랑의 역사"이지만 이 시에서의 사랑은 결코 그 부피를 키워가며 아름답게 진화하는 것으로 그려지지는 않는다. "행복한 무엇"이 보이지 않게 조금씩 자라는 것 같다고는 하지만 아마도 그 행복이란 함께 옥수수를 먹는 일 같은 익숙함의 다른 말이거나 잠시의 착각일지 모른다. 이 시를 감싸는 가장 강력한 정서는 그 실낱같은 희망이 아닌 그저 '슬픔'일 뿐이다. 왠지 "모르지만 너무 슬플 것 같다"는 문장이 이 시의 전부라 해도 좋다. 사랑은 림보에 갇힌 듯 무한히 순환하는 시간 속에서, "시작과 끝"이 "맞물려 있"(「파충」)는 영원 속에서 슬픔으로만 존재하는 것이다.

백은선 시에서 '사랑의 역사'는 이처럼 고통에의 발악과 무한한 슬픔 사이를 영원히 오가는 것으로 씌어진다. 하지만 이 지독한 림보에 빠진 '우리' 중 누구에게도 그 죄를 물을 수는 없다.

## 불가능의 공동체

셸터와 림보에 갇힌 '우리'는 사랑을 나누(지 못하)는 관계이기도 하지만 함께 무언가를 쓰는 무리이기도 하다.「사랑의 역사」에서 사랑에 대해 이야기를 나누는 '나'와 '너'도 무엇을 쓸지 계속 생각하려 한다.「가능세계」

「멸종위기」「동세포 생물」 같은 시에서는 이처럼 무언가를 쓰려 골몰하는 '우리'들의 황폐한 내면이 묘사되고 있다. '쓰기'란 과연 이들에게 어떤 의미를 지니는 행위인 것일까. 해설의 서두에서 잠시 언급했듯, 파편적 이미지들이 의미의 계열체를 이루도록 응집되는 사태가 거의 일어나지 않는 백은선의 흡사 "갈겨쓰"는 듯한 시 쓰기는 결국 무언가를 소진시키는 행위라고 할 수 있을 듯하다. 들뢰즈를 다시 한 번 참조하면, 베케트의 텔레비전 단편극을 해석하면서 그는 '가능한 것'을 소진하는 방법 중 하나로 "이미지의 역량을 흩뜨려 소멸시키기"를 제시한다. 이미지는 모든 가능한 것을 포획하여 폭발시키는 것이므로, "나는 이미지를 만들었다"라는 말은 "더 이상 가능한 것은 없다"라는 말이 된다고 그는 설명한다(질 들뢰즈, 같은 책, pp. 44~45).

독자가 시 한 편에 나열된 이미지를 음미하는 방식은 다양할 텐데, 숨겨진 의미를 찾아가는 통로로서 이미지의 다발을 활용하는 경우가 있는 반면, 강렬한 이미지들 하나하나가 제공하는 매혹에서 충분한 만족을 느끼는 경우도 있다. 백은선 시의 이미지들은 앞서 언급한바 어떤 구체적인 정황을 만들어내는 데에 쉽게 동원되지 않으며, 단편적이며 강렬한 이미지들을 인상적으로 남기려고 애쓰는 듯 보이지도 않는다. 모든 가능한 것을 소진시키는 이미지의 본질에 충실한 이미지들이 시를 장악하고 있다고 할 수 있겠다. 백은선의 시가 얼핏 보아 시각적인 이미지보다는 '소리'에 더 민감하며 '침묵'일지언정 청각적인 것에 더 이끌리는 듯한 점, 아니 정확히 말해 하나의 독립된 감각보다는 온몸의 전체적인 느낌에 충실한 듯한 점은 이러한 사실과 관련이 없지 않다. 뿐만 아니라 「터널, 절대영도」「木浦」「목격자」 같은 시에서 반복적으로 "손가락 마디" "눈의 끝" "입술" "긴 손톱" "귀" 등 파편적인 신체 부위에 집중하는 모습을 드러낼 때, 더불어 자신이 그리고 있는 이미지들이 영화 속, 즉 화면 속의 것임을 자주 언급하는 것을 볼 때, 백은선의 시는 이미지의 응집보다는 이미지의 단편적 나열에, 다시 말해 이미지의 소진에 더 관심이 크다는 사실이 짐작되기도 한다. 이 같은 이미지의 운용에서 느껴지는바 백은선의 시 쓰기는 즉흥적인 것인 한편, 소진의 행위로 보이기도 하는 것이다.

그러므로 『가능세계』의 작업을 이른바 '소진시키는 시 쓰기/소진된 시 쓰기'라 할 수 있지 않을까. 이는 즉흥적 쓰기, 혹은 쓰기를 위한 쓰기라는 말과는 또 다른 의미를 지닌다. "피로한 인간le fatigué은 더 이상 실현할réaliser 수 없다"면 "소진된 인간l'épuisé"은 "더 이상 가능하게 possibiliser 할 수 없다"(같은 책, pp. 23~24)는 베케트 – 들뢰즈의 명제를 따르자면, 소진의 글쓰기는 쓰기라는 행위 자체에 의미를 두는 퍼포먼스이기를 넘어, 결국 절망과 파국의 시대에서 유일하게 가능한 시의 존재 방식을 드러내는 것이라 볼 수 있다. 모든 것이 완벽히 불가능한 상황에서 쓰기라는 행위 역시, 시도되는 즉시 휘발되고 사라지는 것으로서만 존재할 수 있을 것이기 때문이다. 백은선의 시에서 쓰기의 작업을 함께하는 '우리'들에게 공유되는 정서가 지독한 절망과 허무라는 사실이 참조되어야 할 것이다. 백은선 시가 실제 작동하는 방식, 그리고 그녀의 시가 재현하는 '우리'라는 공동체의 정서, 나아가 우리 시대에 '시'라는 장르가 가까스로 존재하는 양상에 이르기까지, 소진이라는 키워드를 공통분모로 이 모든 것을 이해해보는 것은 가능하다.

　"전부 소진될 때까지./소진되고 난 이후 소진된 것이 다시 소진될 때까지"(「저고」)는 백은선 시에 등장하는 어떤 공동체의 행동강령처럼 들린다. 「멸종위기」 같은 시에서 흡사 전쟁놀이를 하는 듯한 이들에게도 짙은 허무와 "슬픔"의 정서가 흐르고 있다. 결코 "예고되었던 충격은 일어나지 않"으며 이들이 할 수 있는 일이란 지난날의 암호를 복기하거나 견딜 수 없는 심정으로 그저 서로를 두들겨 패며 울음을 터뜨리는 일뿐이다. 적이 누구인지도 알 수 없고 마음껏 싸워볼 수도 없이 영원히 전투태세만을 유지해야 하는, 즉 진짜 끝장은 일어나지 않지만 전시 상태도 끝나지 않는 무력한 상황에서 이들은 우는 듯 웃는 듯 이상한 표정으로 지쳐가고 있다. 표제작 「가능세계」는 이 같은 무력과 허무와 슬픔의 정서를 가장 강렬하게 표출하는 시라고 할 수 있다.

이게 끝이면 좋겠다 끝장났으면 좋겠다

젖은 솜처럼

해수어와 담수어의 사이만큼

이미 실패했지만 다시 실패하고 싶다

천체의 운행 손을 잡아도 기분이 없는 밤 밤을 떠올리는 빈 나무 의자 의자가 되기 전 나무가 가졌을 그림 바지 자비 자비라는 오타 이야기할 입과 듣지 않을 귀 남겨진 손 다시 남겨진 천체의 어마어마 그냥 다 끝장났으면 그랬으면

가장 많은 말과 한 번도 하지 못한 말

(0)에 가까워지는 줄무늬 뱀 허물을 벗을수록 비대해지는 이상한 몸

없었어 처음부터 없었어

비늘과 새로 배운 칼 놀이

굴러간다 저기 굴러간다, 무엇이?

가파른 창들이 와장창 단숨에 부서지는 상상을 해 기억
은 잘 나지 않고 관람차와 가족과 분홍색 솜사탕이 멀리 있
었던 것 같고 겁먹은 동물들의 파란 혓바닥 맛있는 것을 먹
고 싶다 먹고 또 먹고 다시 먹고 싶다 줄무늬 뱀과 젖은 솜
에게 전해줄 큰 가방이 필요해

없어도 없고 싶은 없는 것, 이런 문장은 위험하니 쓰지 말
라고 충고해줄 선배 혹은 드럼을 치는 전 애인과 일면식도
없는 사진사 우리는 좁은 방에 무릎을 맞대고 앉아 고도와
조수간만의 차와 형이상학에 대해 밤새 떠들고 떠들다 지쳐
　야 창문 좀 열어봐
　귀찮아 니가 해
──「가능세계」 부분

꽤 길게 인용해본 「가능세계」의 전반부로, 전체의 4분
의 1정도밖에 안 되는 분량이다. 이 시 역시 백은선의 장
기가 발휘된 장시에 속하는데 인용한 부분을 통해서도
알 수 있듯 도무지 어떤 정황을 그리고 있는지 쉽게 짐작
하기가 힘들다. 인용된 부분의 마지막 연의 내용을 통해

작가, 뮤지션, 사진사로 구성된 어떤 젊은 예술가(를 자처하는) 무리가 밤새 떠들고 있는 장면이 환기될 뿐이다. "고도와 조수간만의 차와 형이상학에 대해", 즉 어찌 보면 거창하고 어찌 보면 별 의미 없는 이야기들을 이들은 꽤나 진지하게 나누고 있는 모양이다. 길게 이어지는 시의 구절들은 처음도 끝도 없이, 서로 연결되지 못한 채 그저 나열되어 있다. 가령 "지팡이와 함께 저녁을 먹는다 저녁은 참치와 딱딱한 빵 저녁은 로봇과 건전지 저녁은 흘러넘쳐 어려운 음차와 너무 어려운 음차 위험한 식탁 위험한 전기 위험한 범람, 속에서 우리는 담담함을 되새긴다"와 같은 부분은 무엇을 드러내는가. 여러 공상적인 이미지들은 이들이 나누는 대화의 파편일 수도, 아니면 이들이 쓰는 "소설"의 일부일 수도 있겠지만, 여러 번 거듭해 시를 읽어보아도 모든 추측이 약간 우스꽝스러워지거나 허망해진다. 모든 게 불확실한 시이지만 이 시에서는 어떤 분명한 염원의 문장들이 반복되고 있다. 어떤 염원일까. "이게 끝이면 좋겠다 끝장났으면 좋겠다"라는 첫 연의 문장에 모든 것이 압축되어 있는 듯하다. 다음의 인용은 화자의 날것 그대로의 고백이라 할 수 있는 문장들을 뽑아 순차적으로 옮겨본 것이다.

이게 끝이면 좋겠다 끝장났으면 좋겠다 [……]
이미 실패했지만 다시 실패하고 싶다 [……]

그냥 다 끝장났으면 그랬으면 [……]

없어도 없고 싶은 것, [……]

끝장이라고 다 끝이라고/불러주세요 나를 [……]

혼절과 반복 사이에서 우왕좌왕하고 싶다 [……]

터무니없는 것을 시작하고 싶다 [……]

나는 하고 싶어 하다가 죽고 싶어 그런 것을 무어라 해야
할까 [……]

끝장날 걸 알고도 끝장나고 싶어 [……]

오해받고 싶다 하염없이 넘어지고 싶다 [……]

하고 싶다 하고 또 하고 하다가 분류하거나 생각할 필
요도 없이 구들장인 어깨와 효과 없는 반복으로 가득 차고
싶다

─「가능세계」 부분

화자는 단순히 끝장나고 싶다고 말하는 것이 아니라,
"이미 실패했지만 다시 실패하고 싶다" "없어도 없고
싶"다고 말한다. 아직 진짜 실패가, 진짜 끝장이, 그러니
까 완벽한 파국이 도래하지 않은 것일까. '실패하다'라는
자동사는 '이미'와 '다시'라는 부사를 어떻게 공유할 수
있단 말인가. 이러한 비논리적인 염원의 문장들에서 우
리는 화자가, 아니 "우리"라는 공동체가 처한 상황과 그
러한 상황 속에서 회복될 수 없을 정도로 황폐해진 이들
의 내면을 추측해볼 수 있다. "하염없이 넘어지고 싶다"

라는 말 속에서 우리는 일차적으로 자학에 가까운 자포자기 혹은 자기비하의 심정을 읽어낼 수 있다. 프로이트를 읽은 우리는 이러한 자기학대가 대체로 나르시시즘적 욕망과 결부되어 있다는 사실을 잘 알고 있다. 제 값의 인정을 못 받고 있다는 불만은 자기징벌이라는 우회로를 거쳐 대상에 대한 복수를 감행하게 되는 것이다. 사실 누구도 완벽하게 자신을 포기할 수는 없다. 그 포기의 포즈는 사실 자신의 가치를 되찾으려는 안간힘에 불과한 것이다.

백은선 시가 독특해지는 지점은 그녀의 시가 반복적으로 묘사하는 자기학대의 태도에서 이 같은 나르시시즘적 욕망을 발견해내기가 쉽지는 않다는 점이다. 비논리적이며 비일상적인 염원들을 반복적으로 토해놓는 「가능세계」의 화자는 느닷없이 "낭만이라고 말해봐라 또 말해봐라"라고 일갈해보기도 하다. '끝장나고 싶다'는 자신의 소망 속에 한가한 자기애의 욕망이 끼어들 자리가 없다는 사실을, 자기애가 차지해야 할 자리는 허무와 슬픔이 온통 채우고 있다는 사실을, 그러니까 이 소망들이 결코 어떤 낭만적 포즈일 수 없다는 사실을 말하고 싶었던 것일까. 이처럼 끝도 없이 지속되는 무력감은 불행히도 앞서 말한바 우리 시대의 젊은 세대가, 혹은 우리 시대의 문학 공동체가 공유하는 소진의 정서와 거의 유사하다. 백은선 시의 익명적 '우리'들이 느낄 수 있는 삶의 실감이란

"나는 지워지는 것 같다"(「고백놀이」)는 감각뿐인 듯하다.

「저고」라는 또 한 편의 흥미로운 시는 이처럼 철저히 소진된 "우리"들의 영혼의 상태가 묘사되는 시로 읽힌다. "영혼을 발명"하려는 시도로 생겨난 "저고"라는 물체는 "만 명의 울음소리와 웃음소리, 추락하는 물질의 속도와 지면에 닿는 순간 파손되는 힘, 그 힘이 사라진 후에 남은 조각들"로 만들어진다. '우리'들의 불가해한 영혼은 *"우아아주치하가지두라기아파거다리지이키하져아정라무비이리다눔아부우치"*라는 식의 무의미한 소리들의 집합체라 할 수 있는데, 어쨌거나 거기에는 "추락"의 느낌이 강하게 작용한다. "바닥없는 추락" "텅 빈 상태" "절망과 유사한 풍경" "단단한 침묵"의 상태로 묘사되는 것이 '우리'들의 영혼인 셈이다. 영혼을 발명하려는 실험이 진행되는 가운데 '우리'는 "실종"되기도 하고 '우리' 사이에 "의심"이 생겨나기도 하면서 '우리'는 "소진"되고 있다. 하지만 그러한 불가해한 영혼의 상태 속에서 "반지, 구름, 껌, 지갑" 같은 단어들이 불쑥 등장하며 "무의미의 사전"을 이루기도 한다. 「저고」는 백은선의 시가 탄생하는 장면을 재치 있게 유추한 시로 읽힐 수도 있다. 웃지도 울지도 않는("저고는 웃지 않습니다. 저고는 울지도 않습니다") 황폐한 영혼의 상태가 과연 무엇을 만들어낼 수 있을까. "단단한 침묵"과도 같은 무정형의 소리의 집합체로부터 어떤 단어들이 불쑥 등장하는 장면에 주목해야 할 것이다. 텅 빈 영혼에서도, 그것이 단어들의 무의미한 나열일지언정, 어떤 말들은 터져 나올 수밖에 없다. 백은선의 불가해한 시들은 이러한 불가항력의 결과물이라고 할 수 있지 않을까. 다시 말해 그녀의 시는 어떤 공동체가 공유하는 소진의 상태와 황폐한 내면을 재현하거나 혹은 그것을 견디기 위한 도구로서의 작업이 아니라, 그러한 상황에서도 피할 수 없이 터져 나오는 말들의 집합체 그 자체라고 할 수 있지 않을까. 백은선의 시는 '그럼에도 불구하고' 가까스로 씌어지는 것이 아니라 '그렇기 때문에' 어쩔 수 없이 씌어지는 것이 아닐까.


## '이것은 아무것도 아니다'

끝장과 실패가 반복되며 절망이 일상이 되고 마침내 영혼이 텅 빈 상태로 과연 시가 씌어질 수 있을까. 이러한 질문은 이제 백은선의 시에서는 무의미한 것이 된다. 우리 시대에 '시'는 이미 아무것도 아닌 것이 되었기 때문이다. 시가 실존하는 방식이 그러하다. 이 시대의 시는 더 이상 특별한 무언가가 될 수 없다. "낭만"이 될 수 없고 어떤 피난처도 될 수 없다. 선언이 될 수도 없다. 파국의 상황 속에서도 그저 멈추지 않고 터져 나오는 어떤 말, 그 자체가 시인지도 모른다. 「동세포 생물」(p. 163) 같은 시에서 백은선이 "시, 시시"라는 말을 반복하며 "통속적인 말로 이루어진 시를 쓰고 싶다"고 말할 때, 그러면서도 "이게 시 같니 이게 시가 되니"라는 의문을 놓지 못할 때, 그녀에게는 이 시대의 시가 처한 곤경이 고스란히 노출된다. 시는 이미 시시한 것이 되었고 어떤 특권을 부여받은 말이라 할 수도 없지만 그저 "여자와 남자가 하듯 밥을 먹고 밥을 먹고 밥을 먹"는 일 같은 그런 통속이 과연 시가 될 수 있는 것인지 그녀는 묻는다. 시의 생존도 실존도 불가능한 상황 속에서 무엇을 시라고 해야 할 것인지에 대해, 자신이 쓰고 있는 것을 과연 시라고 할 수 있는 것인지에 대해 난감해하고 있는 것이다. 급기야 그녀는 "이것은 아무것도 아니다"(「도움의 돌」)라고 말해본다. 백은선의 첫 시집 『가능세계』는 이렇게 조금은 허망하고 철저히 솔직한 문장들로 끝나고 있다. 이제 이 시집의 마지막 시를 읽으며 이 글을 마무리하자.

우리는 모든 쓸모없는 것들에 대해 생각하기로 한다. 시장 앞 골목에 서서 고등어와 갈치 매달려 있는 돼지의 몸통과 잘린 머리를 본다. 차곡히 쌓여 있는 백합향 비누와 반쯤 돌아선 여배우의 얼굴이 늘어선 샴푸를 본다. 이것은 아무것도 아니다. 오토바이가 지나가고 포터 트럭이 시동을 건다. 나는 너무 느린 스스로를 원망하지만 이것은 애초에 어떤 흐름이 아니다.

어떤 사람들은 순간이나 미러볼 혹은 죽음과 사랑을 소재로 삼았다. 특별한 것 센 것이 근원에 가까이 갈 수 있는 통로가 될 것 같았다. 나도 그랬다. 실종된 형제에 대해 쓰고 폭력과 근친에 대해 썼다. 수치스럽고 즐거웠다. 파란 트럭의 속력처럼. 마침내 불을 밝힌 가로등 아래 연인들의 포개진 어깨처럼. 거대한 것 또한 아무것도 아니므로, 사랑한다고 죽어버리라고 했다.

강바닥에는 무엇이 있을까. 나는 찢어진 타이어 속을 오가는 민물고기나 오래전에 투신해 앙상해진 몸을 생각했다. 이제 우리는 세 번씩 반복해서 말해야만 하고 그것은 의미 없는 일이지만 중요하다. 잘린 머리들은 모두 다른 표정이라서 끔찍하고 남의 글을 훔쳐볼 때 쉽게 느끼곤 하는 자괴처럼 단순하다. 나는 바람이 부는 방향에 따라 흔들리는 긴 머리카락, 뼈에서 유추할 수 없는 원래의 모습, 마지막 목소리 같은 것에 몰두해야만 한다.

혼종에 대해 말하거나 쓰는 것 그런 담론 속으로 이끌려가는 것은 어려운 것이 아니다. 그러나 혼종은 없으므로. 우리는 혼종에 대한 혼종, 일종의 갈망에 대해 말하려고 하는 것 같다. 아무도 그렇게 생각하지는 않겠지만 이것은 사라진 마을에 대한 복기이고, 그 마을의 나무 아래 있던 돌에

대한 나의 생각이다. 이것은 아무것도 아니다. 돌은 어디에
나 있고 우리는 그것을 안다.

—「도움의 돌」전문

시에 대한 시인 자신의 진술한 고백처럼 읽히는 시다.
남들처럼 "특별한 것 센 것"을 쓰려고 했던 때가 있었고
그래서 일부러 형제의 실종이나 폭력 혹은 근친 등 무언
가 충격적인 것들을 시의 소재로 삼았었다고, 그렇게 쓰
는 일이 "수치스럽고 즐거웠다"고 시인은 고백하고 있다.
특별한 내용을 쓰며 특별한 무언가를 하고 있다는 만족
이 생기기도 했을 것이고, 그러한 자기기만이 부끄럽게
느껴지기도 했을 것이다. 이러한 시들이 만들어내는 "혼
종"의 담론이란 얼마나 손쉽고 얼마나 무의미한 것인가
에 대해서도 시인은 지적해본다. 그러나 이러한 고백의
진정성이나 그로 인해 환기되는 정직함이라는 시의 덕목
을 확인하는 것이 이 시에 대한 적절한 감상이 아닐지 모
른다. 그렇다면 백은선이 쓰려고 하는 시는 어떤 것일까.
"모든 쓸모없는 것" "아무것도" 아닌 것에 대해 생각하려
고 한다는 고백은 과연 포부를 담은 것일까. 시장 앞 골
목의 여러 풍경들을 무심히 바라보던 시인은 왜 "찢어진
타이어 속을 오가는 민물고기" "오래전에 투신해 앙상해
진 몸" "바람이 부는 방향에 따라 흔들리는 긴 머리카락"
"뼈에서 유추할 수 없는 원래의 모습, 마지막 목소리" 같

은 것에 몰두하고 있는 것일까.

그녀는 자신이 쓰는 것이 "아무것도 아니"라고 반복해 말한다. 백은선의 시는 결국 절망이나 고통을 재현하려는 목적을 지닌 것도, 우리들의 가능이나 불가능을 확인하려는 목적을 지닌 것도 아니다. 시는 아무것도 아니다. 어디에나 아무렇게나 있는 돌처럼 그냥 존재하는 것이다. 이처럼 『가능세계』는 시에 관한 여러 가지 특권을 포기(당)한 세대의 민얼굴이 드러나는 시집이기도 하다. 하지만 시에 관한 모든 것을 체념하고 인정한 듯한, 이미 한없이 소진되어버린 시인이지만, 이처럼 아무것도 아닌 시시한 시가 "일종의 갈망"을 담고 있다는 사실에 대해서만큼은 포기할 수 없는 듯하다. "책임 없이. 감정 없이"(「독순」) 씌어지는 시일지라도, 쓸모없는 풍경 속에서 그 풍경의 이면을 생각하는 일처럼 사소한 것일지언정, 어떤 갈망 없이 씌어질 수는 없는 법이라고 그녀는 말하고 싶었는지 모른다. 그러한 갈망이 과연 어떤 '가능세계'를 보여줄 수 있을 것인가. 철저히 소진된 우리는 무엇을 가능하게 할 수 있을 것인가. 백은선의 시를 읽으며 우리도 '어떤 갈망'을 또 한 번 품어보게 되는 것이다. ▨